I0664546

LES
PLEURS DE 1852

POÈME PROPRE

A CONSERVER DANS LES FAMILLES LE PRÉCIEUX SOUVENIR
D'UN EXIL NON MÉRITÉ, A RECONQUÉRIR LES DROITS
SACRÉS DE L'HOMME, A NOUS RANGER TOUS
SOUS UN MÊME DRAPEAU.

Prix: 2 francs.

BÉZIERS
IMPRIMERIE, J. DELPECH, AU SAINT-ESPRIT.
—
1871

LES
PLEURS DE 1852

POÈME PROPRE

A CONSERVER DANS LES FAMILLES LE PRÉCIEUX SOUVENIR
D'UN EXIL NON MÉRITÉ, A RECONQUÉRIR LES DROITS
SACRÉS DE L'HOMME, A NOUS RANGER TOUS
SOUS UN MÊME DRAPEAU.

BÉZIERS

IMPRIMERIE, J. DELPECH, AU SAINT-ESPRIT.

—

1871

Toute reproduction est interdite.

OLYMPE, MA FILLE,

L'innocence de mes intentions dans toutes les cir-
constances de la vie, et l'horreur de mes tourments
en l'année fatale 1852, m'ont inspiré le dessein de
composer ce petit livre. Je te l'envoie sous la garde
d'un proscrit gracié ; tu y trouveras la longue chaîne
de nos douleurs. Il est le recueil imparfait des dis-
grâces des prisonniers politiques jetés sur la terre
étrangère ou cloués dans les divers cachots de France.
La plupart d'entr'eux ont souffert mille fois plus
que moi; par mes tourments, il te sera facile de mesurer les 'leurs.

Cette chaine de calamités a été forgée par l'homme avare, l'homme lâche et l'homme calomniateur ;
c'est uniquement contre cette triple et perverse classe
que sont directement ou indirectement lancées les
noires qualifications de tigre, de vautour, etc. semées
dans le corps de ce livre. Oui, elle seule a trompé
notre trône menaçant, armé nos soldats, ouvert notre
exil ; elle seule a soulevé nos cœurs d'indignation.

Pour t'instruire et modérer tes soupirs, parfois j'ai

semé de fleurs mon lamentable récit; et sans con-
naître les muses, j'ai essayé de rimailler. Je désire
atteindre mon but. Je sais d'ailleurs que l'oreille d'une
fille se prête toujours à la voix de son père; tu souf-
friras donc mes pauvres vers; et sache que pour
peindre mille tourments, il faut mille fois se servir
de l'expression de la douleur.

Lis mon opuscule avec une attention soutenue et
remplis ton heureuse mémoire de ses grands souvenirs. Il est dicté par la pure franchise; il est sorti
d'une plume faible, sans art; la simplicité fait son
caractère; sans peine il trouvera place dans ton
cœur.

Judicieux Lecteur.

Ce n'est qu'après les longues et vives instances de mes compagnons d'infortune que j'ai consenti à la publicité de mon livre ; encore l'ai-je fait avec une peine réellement sensible.

Vivant d'un travail manuel, sans expérience dans l'art d'écrire, surtout dans la langue des Muses, je sollicite à vos pieds, pour tous mes défauts, une pleine et entière indulgence. N'ayant écrit que pour ma fille, sachant que mes pauvres vers plairaient toujours à son oreille attentive ; forcé plus tard à condescendre aux vœux de mes amis, je dois avoir, ce me semble, un certain droit à vos égards. Je ne me suis pas proposé en rimant une satisfaction d' mour-propre : ce que j'ai voulu, c'est la flétriss des persécuteurs et la réhabilitation de leurs victimes infortunées.

Ces considérations seules dans l'esprit de mes juges doivent suffire pour arrêter ou émousser toute critique. Mon sujet est obscur et varié ; défendu des uns, attaqué des autres, je ne puis par conséquent guère compter sur une entière sympathie.

Je dois encore rappeler à mon lecteur que sous les verrous de l'exil l'homme ne pense pas comme sous les lambris du salon, qu'il faut cueillir la fleur au milieu des épines ; et qu'attaquer un ennemi sans armes, c'est combattre et triompher sans gloire. L'avenir est plein de mystéres, à lui seul mon espérance a recours.

Fait sous ma grille d'Afrique à l'exception de quelques additions et de quelques légers changements sur mon retour.

Aimé CAILHAVEL.

(Riols, Hérault).

Telle, aux jours des frimats, l'industrieuse abeille
Attend que du sommeil la nature s'éveille,
Pour déployer son aile, aller baiser la fleur,
Plonger dans son calice, extraire sa douceur ;
Dans un réduit obscur, telle ma faible lyre
Attendait que la poudre eût renversé l'empire,
Pour redire ses vers aux enfants des hameaux,
Dérouler à leurs yeux la trame de nos maux.

LES PLEURS DE 1852

CHAPITRE PREMIER

Introduction

Olympe, mon enfant, vers toi mon cœur soupire ;
Je voudrais de ma voix te consoler, t'instruire ;
Bannie loin du beau ciel , séparé par des mers ,
De ma plume je vais te peindre mes revers.
Mes revers sont unis aux revers de mes frères,
Je crains, par mon récit, d'obscurcir leurs chaumières ;
Là, sanglotte la veuve et pleure l'orphelin,
Je vais rouvrir leur plaie, agraver leur destin !..

Dans tout temps l'homme faux tombe dans la démence;
Il faut pour l'apaiser, condamner l'innocence,
Couvrir l'humble vertu des tâches de l'horreur,
Et le vice odieux des charmes de l'honneur ;

Un tel renversement confondrait la nature ;
Le bien a son éloge et le mal sa censure ;
La raison que mon âme a reçue du berceau,
S'éteindra seulement aux portes du tombeau.

Le sol qui te vit naître est un sol peu fertile ;
Le vallon est étroit, le labeur difficile.
Sur ses monts rocailleux errent peu de troupeaux ;
La grappe s'y refuse à payer nos travaux.
L'épi d'or s'y noircit par la brume perfide ;
Rares sont les travaux, et l'ouvrier est timide :
Goutte à goutte, on le sait le nectar précieux
Part d'un vase fêlé, trompe souvent nos vœux.

Le Jaur de mon village est l'unique espérance :
Sans son onde limpide où serait sa puissance ?
On voit sur ses deux bords s'élever dans les airs ;
D'orgueilleux bâtiments, cent travailleurs divers ;
Là, des patrons du jour dans leur folle lumière,
De l'esclave soumis mesurent le salaire,
Voulant de la noblesse atteindre le vieux rang,
Ils éprouvent son corps, ils épuisent son sang ;
Quatre mois dans leurs mains ils gardent son obole ;
Il emprunte, on l'exploite, il marche sans boussole ;
Sur sa tremblante épaule il met de lourds fardeaux ;

Il sert de vil mulet, traîne des tombereaux ;
Quel abus ! quelle tâche ! au printemps. de la vie
Peut-on voir, sans gémir, la valeur asservie !...

Patron, cours à l'honneur ; il n'a qu'un seul sentier ;
Mesure sur tes gains la sueur de l'ouvrier ;
Dans tes traités divers scrute ta conscience,
Et suis, sans t'arrêter sa divine sentence.
A la lumière innée, éteinte au seul tombeau,
Oses-tu préférer un ténébreux flambeau ?
Tu ne respectes rien pour une fausse gloire ?
Crois-tu qu'un jour le ciel te cède la victoire ?

Le plus vil des patrons, le vautour destructeur
Porte encore plus loin sa barbare fureur ;
De la raison jamais il n'entend la sentence ;
Sans vacillations s'arrête sa balance ;
Le calcul sous sa plume est souvent vicieux,
L'horloge ou son marteau sont parfois onéreux ;
Il trompe, emprunte, entasse ; il creuse cent abîmes ;
Dressant son faux bilan y jette cent victimes.
Le prêteur se désole ; il nage dans les pleurs ;
Sur les pas du filou s'ouvre un chemin de fleurs;
Il marche au premier rang, suivi de sa famille ;
Sur leurs coupables fronts l'allégresse pétille ;

Sur le marbre poli fortes libations,
Banquets dispendieux, longues désertions,
Schals traînants, boucles d'or, crinolines soufflantes,
Air, voix, marche affectés, chaussures coassantes,
Partout, dans la grandeur leur âme prend l'essor,
Ils mangent, sans rougir le fruit de l'arbre d'or.
Quoi !.. courons ici bas, courons toutes les classes,
Nous trouverons des grands, des petits, à leurs places.
Le fruit de l'arbre d'or est un fruit âpre, vil ;
L'homme qui s'en nourrit n'est plus homme civil.
Nous accusera-t-on d'une fausse science ?
Notre conviction sort de l'expérience ;
L'innocence ici bas met l'homme aux derniers rangs,
Et le coupable vol égale l'homme aux grands.
Le vrai grand se nourrit des sentiments de l'ange,
Il console le pauvre, il le sort de la fange.
Toi, vil spoliateur par l'orgueil emporté,
Oses tu l'avilir ? t'asseoir à son côté ?

Tous ces filous publics qui vivent dans la pompe,
Tous ne devraient-ils pas, (pardon si je me trompe),
Être cloués aux fers, ou bien restituer :
Si la loi ne les frappe, ils vont tout obstruer,
On ne peut sur la scène étaler leurs ravages ;
Ni déceler leurs noms, ni percer leurs nuages ;

Le bras de la justice inspire la terreur ;
On peut parler du vol sans montrer le voleur.

Le patron tombe-t-il? mais vit-t-il économe ?
Sur sa saignante plaie épanchons notre baume ;
Le sort trompe ses pas, lui fascine les yeux :
Peut-on sans son étoile, espérer d'être heureux ?

Tout esclave rampant pense comme je pense ;
Pour manger son noir pain, il garde le silence;
La terre avec le ciel pour venger la raison
S'armeront tôt ou tard contre le faux patron;
Oui, le spoliateur est indigne d'excuse ;
Toujours son nom maudit fera frémir ma muse ;
Jusques à mon trépas je redirai toujours
Que son crime perdit les auteurs de mes jours.
Dormez, dormez en paix, couple aimé que je pleure ;
Sur vos pas votre fils touche à sa dernière heure ;
Chez les vivants le faible est le jouet des forts,
On ne souffre plus rien quand on est chez les morts.

Blâmons dans ses écarts l'ouvrier pétri de boue
Qui fait de la justice un mot dont il se joue ;
Ose-t-il par le vol, nourrir ses doux foyers?
Et pour les enrichir suivre de faux sentiers ?

Ose-t-il d'un patron envier la puissance ?
Ou d'un frère abusé cimenter la souffrance ?
Fourbe, abaisse tes yeux, vois s'ouvrir ton tombeau ;
Vois le ciel en courroux te lancer son carreau.

Toi, qui montres ton front couvert du lis mystique, (1)
Ris dans ton noble orgueil des dards de la critique.
Que tes jours sont sereins ! à toi respect, honneur,
Et dispose ton front à d'immortelles fleurs.

Beaux tissus, durs travaux, trésors, granges, campagnes
Font l'honneur du pays, peuplent vallons, montagnes ;
Le pauvre prolétaire a produit ces hauts-faits ;
Du possesseur avare a-t-il quelques bienfaits ?
Refuser les tributs de la reconnaissance !..
La nature a pour tous une égale puissance,
Et le glaçant hiver et le joyeux printemps
Ne partagent-il pas aux hommes leurs présents ?
De nos rangs inégaux qu'on règle la distance ;
L'un plane dans les airs, l'autre meurt de souffrance,
Ces deux points si distincts troublent notre cerveau ;
On peut les rapprocher sans garder le niveau.

(1) L'innocence.

Dans la soif et le faim la douleur est aigue,
Faut-il pour la guérir avaler la ciguë ?
La raison le défend ; l'esclave est sans espoir ;
Il gémit le matin , il soupire le soir ;
Demain s'ouvre à ses yeux une égale carrière ;
Il est las de souffrir, de mordre la poussière.

Dans ces jours désastreux on organise un corps, (1)
Les auteurs sont cachés ; sont-ils faibles ou forts?
Ce corps, dans son début, annonce l'espérance ;
Il s'indigne des pleurs que répand la souffrance :
Sous son aîle les arts, les talents vont fleurir ;
Dans une douce paix coulera l'avenir;
En France tout s'ébranle et court à sa bannière;
Tout cherche à ses vieux maux un baume salutaire.
A son premier élan la loi frappe ce corps ;
Elle forge des fers ; elle bâtit des forts ;
Chaque membre n'est plus qu'un monstre de démence,
On cherche à l'immoler loin du sol de la France.
A-t-on vu son poignard caché sous son manteau ?
Quoi, le mouton tondu tomber sous le couteau !...

Oui, la crédulité toujours cède aux amorces ;

(1) Société dite secrète.

Un avenir trompeur sut réunir les forces ;
Si le but est changé, les coups sont toujours faux ;
Le riche clairvoyant trompe toujours les sots. (1)
Le plan serait-il vrai ? cet attentat horrible,
A la grange, au hameau ne paraîtra plausible ;
Et leurs fils abrutis victimes de l'erreur ,
Du lamentable exil partagent la douleur.

Je pleure sur les lieux où l'indigne prestige (2)
Dans la tête du pauvre a jeté le vertige ;
Sans loi comment lutter ? le plomb fut votre espoir ?
Comment donner la mort ou la mort recevoir ?

Capestang, Olonzac, les villages, les granges
Sont tombés dans les fers des mortelles phalanges ;
Lodève, Bédarieux sont frappés par le sort :
Ils pleurent des enfants moissonnés par la mort ;
L'Hérault par sa justice ou son patriotisme,
A fait serrer les rangs du puissant despotisme ;
Il arrose, en exil, l'arbre à triple couleur ;
Il mange son doux fruit ; il brave la terreur.

Quel avenir grand Dieu ! France, tu t'en étonnes ;

(1) L'ouvrier veut du pain, non du sang.
(2) Le prestige est commun à l'homme d'opinion changeante.

Vous, potentats voisins, vous tremblez sur vos trônes,
Oui le peuple abusé pour rentrer dans ses droits,
Fait trembler les patrons, déconcerte les rois.

Du ciel l'homme, en naissant, reçut le libre arbitre ;
L'homme peut-il à l'homme enlever ce beau titre ?
Qu'il pense bien ou mal, s'il ne fait que penser ,
Est-il code ici bas qui puisse l'accuser ?
Sans culpabilité pourquoi tant de victimes ?
Tant de pleurs, tant de fers, tant de sang, tant de crimes?

L'arrêt qu'on a lancé, frappe mille innocents
Pour atteindre un coupable introduit dans nos rangs.
Quoi! foudroyer un corps pour châtier un membre !.....
La raison s'éclipsa chez les forts de Décembre.
Pourquoi ne pas marcher sur les pas du docteur ?
Dans ses rudes travaux montre-t-il la fureur ?
Il ampute le membre, atteint de la gangrène,
Mais il veille aux ressorts de la charpente humaine.

On ne peut sans bassesse encenser les méchants ;
A publier leurs faits je consacre mes chants.
Tout le monde connaît les droits de la satire,
Elle accable de traits lors même qu'elle admire.

Olympe, entends ma voix, écoute mon malheur;

En de longs traits de feu grave-le dans ton cœur ;
La pure vérité, cette reine des âmes,
Couvrira mon récit de ses célestes flammes ;
Le mal à couleur noire inspirera l'horreur ;
Le bien te sourira sous sa fraîche couleur ;
Ma verve dans ses feux, n'imite point Virgile ;
Je suivrai les sentiers tracés par l'Évangile ;
Vers les coupables fronts je lancerai mes traits ;
L'innocence pâlit rendons lui ses attraits.
Puisse ton cœur aimant, tout humecté de larmes,
Résister au lourd poids de mes vives alarmes,
Que ne puis-je t'instruire et ne pas t'attrister ;
Arme-toi de courage et veuille m'écouter.

LIVRE II.

Fuite.

Je dors accompagné de l'heureuse innocence ;
De cette douce nuit on trouble le silence ;
Les lèvres du mensonge ont armé le soldat ;
Il court, frappe à ma porte ; il me croit scélérat.
Avec effroi j'entends l'aigre bruit de la chaîne :
Le temps presse, je pars, je cours à perdre haleine (1)
La garde va scruter couches, coffres, caveaux ;
Sonde murs et cloisons, entre dans nos tonneaux.
Mon bras est-il rougi du sang de mon semblable ?
Veut-il d'un trône assis la chûte épouvantable ?
Leur âme dans la rage exhale la fureur ;
Alarme les voisins, les glace de terreur.
A pas précipités, je franchis la rivière ;
Mes souliers dans les flots ont laissé la poussière,

(1) Le 24 Octobre 1851 à 5 heures du matin.

Je grimpe en murmurant sur un roc escarpé ;
Mon œil suit le vautour dans sa rage trompé.

Les rochers ménaçants qui gardent le village,
Sont couverts de fuyards dispersés par l'orage :
Fuyez, amis, fuyez ; ô noir pressentiment !
Sur le roc entr'ouvert je m'assieds haletant ;
L'œil inondé de pleurs se porte à ma chaumière ;
J'entends les vifs sanglots de sa douleur amère,
A ses yeux se déroule un funeste avenir ;
Cayenne, Lambessa provoquent son soupir.
Riols tombe dans les fers, et ses mortelles plaintes (1)
Frappent ma triste oreille et centuplent mes craintes.
Le soldat perverti par la destruction,
Semble de notre sang vouloir l'effusion ;
Il sème la terreur ; il écume de rage ;
Il menace, flétrit, commence le carnage.
Un homme est arrêté ; le fer perce son bras ;
Son âge, sa souplesse éloignent le trépas.
Honneur à ta valeur, innocente victime,
Arrête ici tes pas ; montre toi magnanime ;
La poudre brûlerait ta cervelle ou tes flancs ;

(1) Rabaud, Roussel, Calas, Rouanet, Ausias sont traînés aux cachots.

Veille sur tes beaux jours, arrête tes élans.

Que faites vous, soldats, vous dégainez vos armes ?
Pourquoi verser le sang et semer les alarmes ?
S'élançant en lions, vos pères, mille fois,
Dans des climats lointains portèrent leurs exploits.
La terre retentit du cri de leur victoire,
Et la France vengée orna leur front de gloire.
Que faites vous, soldats, soyez vraiment héros ;
Laissez aux ennemis les périls, les assauts,
Osez-vous déchirer la France, vôtre mère ?
De votre fer mortel vous immolez un frère ?
Oh, quel égarement ! quel indigne courroux !
Vous tuez des Français plus esclaves que vous !...
Combattez seulement, respectez vos bannières,
Quand le fer étranger menace nos frontières ;
Quand le chef de l'état aux cris de ses enfants,
Armera votre bas pour venger nos tyrans,

Un vigilant pasteur, au bord de sa prairie (1)
De nos loups ravissants attaque la furie.
Ces loups, ivres de sang, brisent son lourd bâton ,
Dispersent les agneaux loin du riant vallon.

(1) M. A. V. pleure sur notre sort :

Quel trait perce son cœur ! il s'écrie, ô victimes,
Hélas, innocemment vous expiez des crimes !
Infortunés agneaux, que ne puis-je, berger,
Briser les dents des loups, les couteaux du boucher.
Ah, vous n'entendrez plus le son de ma musette ;
Vous ne bondirez plus sous ma tendre houlette;
En gardant mes moutons sur mes plaintifs déserts,
L'écho de nos rochers redira vos revers.

Le disque du soleil cachait ses feux dans l'onde :
De son crêpe la nuit enveloppait le monde ;
Il fallait à nos corps une couche et du pain,
Pour combattre le froid, pour apaiser la faim.
Nous quittons nos rochers , désertons la montagne,
Dans les hameaux voisins l'effroi nous accompagne ; (1)
D'une barbare main l'un nous chasse dehors ;
L'autre ouvre ses foyers et réchauffe nos corps;
Il nous donne à manger, la coupe se couronne ;
Le courage renaît, le froid nous abandonne.
Sur la vibrante cloche, onze fois le marteau
Nous presse vers la paille, à dix pas du hameau.
Quatre fois, dans la nuit, j'abandonne la place ;
Les murs sont sans ciment; la paille est une glace,

(1) Mahus, Sahuc.

Le délateur ardent forge de nouveaux fers ;
Il vient semer l'effroi dans nos muets déserts.
Alarmés et tremblants nous changeons d'atmosphère,
Et d'un sol plus heureux nous foulons la poussière. (1)
Un antre dans le roc creusé par un vieillard,
Dans ses humides flancs récèle le   .

Du sommet d'un rocher qui se perd dans la nue,
De la foudre épargné, pittoresque à la vue ,
S'élance avec fureur un effrayant ruisseau ; (2)
Nul berger sur ses bords ne garde son troupeau ;
Près de cette cascade où l'eau souffle, bouillonne,
Le touriste effrayé d'épouvante frissonne.
Aux pieds de la montagne il écume, il mugit ;
Des rochers arrachés se heurtent dans son lit ;
Il creuse ses deux bords, souvent il les inonde,
Par cent divers dangers fait redouter son onde.

Dans ce rocher sauvage, asile du vautour,
Nous gémissons, tremblons, calculons nuit et jour.
Quittons nous ces déserts ? partout on cèle un piège ;
Nombreux départements sont en état de siége ;

(1) Sur les rochers escarpés, de Caillo et de Langlade.
(2) Bézoles.

La peur du paysan a raccourci la main ;
Le pauvre fugitif partout manque de pain.

  Un oiseau dans son nid, dans la forêt sauvage,
Posé sur le vieux chêne et couvert de feuillage,
Est quelque fois surpris par le fourbe oiseleur,
Ou tombe sous le plomb de l'avide chasseur ;
Craignant de l'œil pervers la mortelle blessure,
Je cours vers mes foyers sous une nuit obscure.
Dix jours dans la terreur venaient de s'y passer,
Quand éclate un fléau que je n'ose tracer.
A l'ombre de la nuit les mortelles cohortes
Entourent le village et frappent à nos portes.
Sur des sentiers secrets ; nous dirigeons nos pas ;
Nous voulons échapper à la chaîne, au trépas.
O jour rempli d'horreur ! quelle scène tragique
Vient frapper les esprits de mon village antique !
Une balle homicide, à la fleur du printemps,
Renverse une victime, enflamme les parents. (1)
Quels lamentables cris ! quelle juste démence !
O Joseph, cher Joseph ! objet plein d'innocence !
Ah ! que vont devenir les auteurs de tes jours !
Toi ! Joseph, seul objet de leurs tendres amours !

(1) Mort de Joseph Calas, le 25 Janvier 1852 à 5 heures du matin.

Leur espoir avec toi va descendre à la tombe !
O mère dont le cœur à la douleur succombe !
O père désolé ! quel fils ! oh quel fléau !
Pleurez, pleurons, hélas, il descend au tombeau !
Sur la crête du roc où m'a poussé l'orage,
En frisonnant d'horreur, je sors de mon feuillage ;
Je fixe mes regards sur les cruels soldats;
J'observe leurs fureurs et leurs sanglants débats ;
De l'ami j'entrevois la mortelle dépouille,
Et d'un torrent de pleurs ma paupière se mouille.

Pensif sur mon rocher innacessible aux fers,
J'entends de cris plaintifs retentir ces déserts;
Les serres des vautours emportent leur capture ; (1)
Leur geste est menaçant ; leur voix vomit l'injure ;
Riols gémit éploré ; le glaive, la terreur,
Dans son paisible sein, ont répandu l'horreur;
Les larmes, par torrents, inondent les visages ;
Leur deuil, des délateurs atteste les ravages;
L'opprimé vers le ciel tend ses bras suppliants,
Implore sa clémence ou ses foudres brûlants.
Tout autour de la veuve une foule se presse;
Elle s'efforce en vain de calmer sa tristesse.

(1) 42 victimes sont traînées aux cachots.

L'orphelin trouble l'air de ses cris déchirants,
Se jette sur sa mère, attendrit les passants,
Tant l'homicide plomb, l'acier des baïonnettes
Ont frappé de terreur ces innocentes têtes.

Jetons un voile obscur sur les atrocités
Qu'on attribue au peuple en diverses cités ;
Peut-on veiller, dormir dans une paix profonde
Quand la terre s'entrouvre et quand la foudre gronde ?
Doit-on livrer son corps à l'acier des soldats ?
Et sans parer le coup, embrasser le trépas ?
La loi veut qu'on repousse un poignard homicide ;
En tout cas, la raison défend le suicide.

LIVRE III.

Premier cachot, ses tourments.

Lassé des creux rochers et du chant des hibous,
Des serres des vautours je préviens le courroux ;
De la maison d'arrêt je cours chercher l'enceinte;
L'aspect de son portail renouvelle ma crainte ;
Je m'arrête et je dis : vas-tu dans ces cachots ?
Vas-tu courir encor tes rochers, tes hameaux ?
J'avance quatre pas, quatre pas je recule ;
Et je vais d'un élan demander ma cellule. (1)
Un rauque et lourd verrou sous la main du geolier,
Gronde, ouvre un noir réduit, garde le prisonnier.

Sus le poids du malheur, au fond de ce lieu sombre,
De nos douces forêts en vain j'appelle l'ombre ;
Je murmure en disant : te voilà sous les fers ;
Pourquoi quitter la paix, le soleil des déserts ?

(1) A St-Pons. ville.

L'oiseau, soir et matin, chante dans le bocage ;
Et ne gémit-il pas serré dans une cage ?
Oh, soumettre la tête à ces honteux lacets
Qui gardent les brigands, qu'attendent les boulets !...
Jour d'horreur, de vertige ! ô noire calomnie,
Peus-tu dans l'innocent peindre un monstre en furie !...
Nul doute que le ciel, pour venger nos revers,
N'ébranle au loin la terre et ne trouble les mers.
Sous le joug de la honte où gémit l'innocence,
Je pèse en frissonnant ces excès de démence.

Le désolant cachot provoque le soupir ;
Son sein silencieux trouble notre avenir ;
Une fenêtre obscure à travers une grille,
Fournit un demi-jour à sa pauvre famille; (1)
Des clés et des verrous l'aigre et le rauque bruit
Déchire notre oreille, alarme notre esprit.
Toit, paille, clés, cachots, verrous voués au crime,
Osez-vous enchaîner, immoler la victime?...

La nuit fatale arrive ; enceinte de péril,
Elle montre à nos yeux la route de l'exil;
De son aile un vautour ouvre le réceptacle.

(1) Dans cette famille on compte 103 enfants de Riols.

Peut-on à vos regards étaler ce spectacle?
Huissiers, gardes, soldats, gendarmes insolents,
L'arme nue à la main , les yeux étincelants,
Chargent nos bras de fers, de cordes détestables,
Déguisent nos agneaux en forçats exécrables.

La veuve, l'orphelin ont quitté leurs foyers ;
La foule dans le deuil borde nos noirs sentiers ;
On sent brûler nos cœurs d'une innocente flamme;
On pleure sur nos fers et de rage on s'enflamme.
Pauvres agneaux tondus, sous ces indignes fers ;
Faut-il quitter la terre et traverser les mers !...
Sol sacré, doux berceau ! frémis, dis dans quel âge,
A-t-on flétri ton sein d'un si sanglant outrage ?

Adieu, donc pour jamais, Gabrielle, adieu, je pars; (1)
Je t'entends sangloter sous tes cheveux épars ;
Oui, c'en est fait de moi; sous mes maux je succombe ;
Adieu, Gabrielle, adieu, je marche vers ma tombe ;
Une plage étrangère arrêtera mon sort ;
Sous ces indignes fers, oui, je vais à la mort.
C'en est fait ; veille, ô ciel, sur la veuve innocente,

(1) 7 prolonges enlèvent 77 proscrits pour l'exil, le 20 mars à 2
heures du matin.

Modère ses sanglots ; plains son âme mourante.
Mort, finis mes tourments, que j'expire d'amour.

Olympe, mon trésor, mon image, à ton tour,
Ma fille Olympe, adieu, je vais dans l'esclavage,
Sur un sol infecté, dans une île sauvage ;
Tu n'es plus mon espoir, je ne te verrai plus,
Je n'espère plus rien, tous mes biens sont perdus.
On m'arrache à ces liens !.. ô féroce démence ;
Sans revoir ces objets, faut-il quitter la France !...

Justice, on foule aux pieds tes droits, ton ascendant ;
On garrotte, on bannit par choix, sans jugement.
Que dis-je ? je me trompe ; ah, des juges sans code,
Ont frappé l'innocence, ont épargné la fraude ;
De criminels banquets formaient leur tribunal ;
La rage y présidait, lançait l'arrêt fatal.
Ai-je trempé mes mains dans le sang de mon frère ?
Ai-je volé de l'or ? brûlé quelque chaumière ?

Toujours la foule au loin mugit, pousse des cris,
Les sanglots, des soldats égarent les esprits ;
Les cœurs brûlant d'amour, provoqués par la chaîne,
S'exhalent sans rien craindre en cette horrible scène.

A travers tous ces cris, tous ces sanglots pressants,

Nous quittons les beaux lieux où pleurent nos parents,
Sur le sentier mortel, notre voix est éteinte ;
D'une aimante cité nous pénétrons l'enceinte. (1)
Ses généreux enfants accourent sur nos pas,
Ils nous chargent de dons, apaisent les soldats.
Un vieux temple interdit, en ces jours, vile étable,
Sert de salle à manger à la foule exécrable.
De l'hôtel dégoûtant, l'arme nue à la main,
Le soldat la conduit sur le fatal chemin ;
Nous traversons hameaux, châteaux, granges, villages;
Leurs habitants frappés nous rendent leurs hommages ;
Nous leur tendons nos bras, nos cordes et nos fers
Enflamment leur courroux, leurs cris troublent les airs.

(1) St-Chinian, ville.

LIVRE ·IV.

Second cachot, ses horreurs

Nous entrons dans les murs d'une ville coupable, (1)
L'enceinte en appartient au soldat redoutable ;
Le fer, la baïonnette artistement serrés,
Troublaient de leurs éclairs les captifs éplorés.
Le soldat est cruel, sous sa main furieuse,
Le banni fut roulé dans la place poudreuse.
Pensaient-ils donc traîner, à l'horrible échafaud,
Des brigands condamnés à descendre au tombeau ?
Le terrible appareil bouleversa notre âme,
De la douce espérance il éteignit la flamme ;
L'œil semblait entrevoir notre frêle vaisseau
Pousser ses derniers cris et s'engloutir sous l'eau.
Nos cœurs furent glacés par l'outrage et la crainte ;
L'affreux cachot ouvrit sa ténébreuse enceinte ;

(1) Béziers, ville où un homme fut tué dans la rue et deux sur
l'échafaud.

Un valet brusquement brisa rasoirs, couteaux,
Enleva le tabac et fouilla nos manteaux;
A ces durs traitements de barbare furie,
Osa mêler le fiel de l'amère ironie.

Toute noire prison offre les mêmes fers ;
Obscurs sont les réduits, aigus sont ses revers.
Le barbare geolier, l'œil rougi par la rage,
Trouve un plaisir cruel à rétrécir la cage.
Deux planches font le lit, quatre pailles en croix
Reçoivent chaque nuit le proscrit aux abois;
Le toit sale et poudreux lui sert de couverture;
De l'importun insecte on y sent la morsure.
Qui peindrait l'air infect, les tourments, les frissons,
Et les calamités de ces noires prisons ?

L'aurore luit trois fois, sous son aile lugubre,
Un vautour vient troubler le réduit insalubre;
D'une voix en courroux, énumère des noms.
Sortez, dit-il, brigands, dépêchez-vous... allons,...
Nous suivons en tremblant la sentence fatale;
Nos pas sont arrêtés dans la cour martiale ;
Nous reprenons nos fers ; la chaîne, par ses nœuds,
De sang rougit le cou, la main des malheureux.
Nos cœurs sont déchirés par ce sanglant outrage,

Rien ne peut les fléchir, rien ne lasse leur rage.

L'impitoyable main a fini son travail;
Le portier vigilant ouvre son lourd portail;
Sous son bras vigoureux cette porte terrible,
Roule sur ses vieux gonds avec un bruit horrible,
Et décèle à l'oreille, aux regards des passants,
Ses souterrains infects, ses larmes, ses tourments.

Nous partons ; les soldats, dont je ne sais le nombre,
Par leur acier mortel, rendent la marche sombre.
Sur les bords de la rue ils s'étendent au loin,
Bien serrés, l'œil ouvert, résolus au besoin ;
Là, la bouche de bronze où fermente la foudre,
Paraît prête à tonner, à nous réduire en poudre ;
Là, mille sabres nus se dressent sur nos fronts;
Ils sèment la terreur et triplent nos affronts.
Par ses sons gémissants, la cloche frémissante
Eteint le faible espoir de la foule tremblante.
Veut-on finir nos jours ? l'effroi glace nos corps,
Nous croyons recevoir l'honneur qu'on rend aux morts.

Olympe, je m'arrête ; oui, tu connais leur rage,
Elle éclate partout sur notre long passage ;
Sous la fureur des loups notre muet troupeau

Gagne le noir sentier qui conduit au bâteau.
La barque part, s'envole, une garde perfide,
Sur des coursiers fougueux, suit sa marche rapide.
Agde a déjà reçu les proscrits de Brescou ;
Le lis est sur leur front, la chaîne est à leur cou'.
Les éclairs de l'acier, la cohorte insolente
Pressent leurs pas tremblants vers la barque flottante,
Les femmes, les enfants accourent sur le bord,
Troublent l'air de leurs cris et pleurent notre sort.

La nacelle, au signal, poursuit sa course agile,
La cité bienfaisante, assise dans son île, (1)
Voit ses fils s'avancer, reculer tour-à-tour;
Ils rougissent des cris, des horreurs de ce jour ;
Sentant au fond du cœur fermenter la vengeance,
Ils voudraient attaquer l'inflexible puissance.
Leur beau plan est trahi : soudain nombreux soldats
Vont couvrir les deux bords, présentent le trépas ;
La foudre est dans leurs mains, et, rangés en bataille,
Menacent d'écraser la timide canaille.
L'enfant de la cité déguise sa fureur,
Dans la paix la nacelle arrive à l'Eclaireur. (2)

(1) Cette, ville.
(2) Nom du bâtiment.

Le fer étincelant, le menaçant orage.
En arrêtent le cours loin du sombre rivage.

Bienfaisante cité, dans tes nobles élans,
Ton bras ne peut briser les fers de nos tyrans ;
Nous bénirons l'amour qui brûle tes entrailles,
Nous le jurons sur l'onde, aux pieds de tes murailles.

Le soldat dont la rage a brisé le vieux frein,
Rit de nos scélérats dévorés par la faim ;
Nous implorons cinq fois une main charitable;
Rien ne peut ébranler le tigre redoutable.
Il est vrai que nos corps vaincus par les tourments,
N'auraient pu digérer nos fades aliments.

Sur la rade, nos yeux mesurent la distance
Qui va nous séparer de notre belle France.
Nos corps sont sans vigueur, ils ont perdu l'espoir,
A travers cent périls d'arriver chez le noir.
Peuvent-ils traverser cette mouvante plaine ?
S'éloigner sur ses flots, c'est resserrer leur chaîne :
Il faut donc pour jamais quitter ces heureux bords,
Et sur ces gouffres noirs descendre chez les morts.

LIVRE V.

Traversée de la Mer.

Le capitaine arrive en son canot docile,
Il vient pour commander notre flottant asile;
Il harangue soudain ses vigilants soldats ;
Les nombreux matelots s'envolent sur les mâts.
Ce nocher irrité débite une morale,
Digne des attentats de l'engeance infernale ;
Le mensonge a dicté nos dossiers foudroyants,
Quelle paix, quel espoir pour nos jeunes brigands ?
Il voit cent lieux pillés ou brûlés par la poudre,
A briser nos lourds fers pourrait-il se résoudre ?
Tout proscrit est couvert du coupable manteau
De l'homme incendiaire, assassin ou bourreau.
Cette noire peinture étonne sa grande âme,
Voyant briller nos fronts d'une céleste flamme,
Il s'écrie indigné ; j'enlève les moutons,
Et sur le sol béni je laisse les lions.

L'Eclaireur frauduleux nous fournit une place;
Notre premier vaisseau retourne sur sa trace.
L'intrépide nocher par un vif sifflement,
Commande le départ sur l'humide élément.
Le bâteau siffle, part ; ah, quels cris ! quelles larmes !
Adieu, France chérie et si pleine de charmes !
Adieu, toi, sol sacré, mon berceau, mon amour !
Je te quitte à jamais, pour moi plus de retour;
Oui, reçois mes adieux, ma mère, belle France !
France, France perdue, adieu, plus d'espérance.
Et vous, Gabrielle , Olympe, ah, ma mourante voix
Vous redit mes adieux pour la dernière fois !
Perdez mon souvenir ; je meurs, je vois Cayenne,
On y creuse ma tombe et la chaine m'y mène.

En ce moment fatal l'amour et la douleur
Torturent le proscrit, le glacent de terreur ;
Il court tout éperdu de la proue à la poupe,
Et jusques à la lie, à longs traits, boit sa coupe ;
Dans la coupe est mêlé tout le fiel de l'exil.

La terre disparait, soudain un noir péril,
Sortant du sombre sein de la plaine liquide
Vient redoubler l'effroi de ma paupière humide.
La tempête mugit, trace d'affreux sillons ;

L'eau s'élance dans l'air et menace nos fronts ;
Quatre fois le bâteau, battu par ses caprices,
Quatre fois est sauvé par des mains protectrices.
Trois fois le flot verdâtre, ébranlant le vaisseau,
Trois fois aux malheureux a montré le tombeau.
Le liquide élément nous blanchit et nous glace ;
Ses secousses trois fois bouleversent la place.
Le capitaine allant de babord à tribord,
Par son air calme et fier rassure tout à bord.
De son sifflet perçant, il éveille, il ordonne;
Son intrépide troupe au péril s'abandonne.
Déjà des vieux marins, des jeunes matelots
Les efforts réunis luttent contre les flots ;
L'un perché sur son mât, travaille dans la nue,
L'autre sur une corde alarme notre vue;
Chacun à sa manœuvre, en des points périlleux,
Lutte, arrête les coups de ces flots furieux.
Sous un si bon nocher, sous des bras si rapides,
La tempête cacha ses horreurs homicides.
Le danger disparut ; six heures de malheur
Nous montrèrent la mer dans toute sa fureur.

Le calme tient les flots, le ciel se purifie ;
Tout invite à sortir de la mélancolie ;
Sur son immense sein traçant de longs sillons,

L'onde paisiblement berce mes compagnons ;
Avec plaisir l'oreille écoute son murmure,
L'œil entrevoit déjà sa riante parure.
La nuit roule son voile, et déjà le soleil,
Par ses premiers rayons ramène le réveil.
Le vigilant nocher, d'une voix triomphante,
Ordonne une boisson pour la troupe mourante ;
La vigueur rétablit nos cœurs convalescents,
Nous contemplons la mer en un jour de printemps.

Sous un ciel épuré, dans l'immortel voyage,
Mille poissons divers nous rendent leur hommage ;
Ils entourent la barque, et glissant sur la mer,
Par des sauts tortueux, ils s'élancent dans l'air.
Cette foule muette avec art, à la ronde,
Dans l'air chasse l'insecte et retombe dans l'onde.
Sur des sillons d'azur, en répétant son jeu,
Elle prend ses ébats, elle est pleine de feu ;
Les uns sont beaux-volants, les autres sont énormes,
A crinières, à crête, à cent diverses formes;
D'autres lourds par leur âge, ou par le poids du corps,
Sur la mer étendus reposent, semblent morts.
La tortue, à son tour, sous sa brillante écaille,
Se plaît à voir passer la nombreuse canaille ;
Elle suit de son œil le frauduleux vaisseau,

Et pour cacher ses pleurs elle plonge dans l'eau.

L'éclaireur plaît aux sens par sa belle structure,
Il éblouit les yeux par sa riche peinture,
De nos malheureux jours déguise le destin ;
De ses reflets la mer pare son vaste sein.

L'horizon semble au loin, sous les feux de l'aurore,
Dérouler un ruban à couleur tricolore.
La mer sourit, balance au souffle du zéphir,
Et parfois elle exhale un gracieux soupir.
En balançant son onde, elle semble une glace ;
De ses calamités ne montre point la trace;
De ses flots caressants berce notre douleur,
Egare nos esprits, inspire le bonheur.
Que d'éclat, de beautés et de magnificence,
L'œil n'admire-t-il pas sur cette plaine immense !
L'éternel pavillon, tout parsemé de feux,
Epanche sur son sein ses rayons lumineux ;
Ses étoiles d'argent, ses richesses vermeilles
Font sur les flots d'azur resplendir ses merveilles.

Mer, que tu parais belle en ton immensité !
J'admire ta grandeur et ta mobilité.
Tu portes des cités sur tes paisibles ondes,

Tu fais fraterniser les enfants des deux mondes ;
Sur tes larges chemins, l'essaim des nations
Echange cent présents sous divers pavillons.
Ebloui de l'éclat qui sort de tes étoiles,
Attentif sur le pont et flatté par ses voiles ,
Pour contempler ton sein, j'ai vu poindre un beau jour,
Naître une belle nuit, te parant tour-à-tour.
Immortel, oui, toi seul, toi, de tes mains divines,
Y jettes feux, azur et perles argentines.

L'Eclaireur court sans cesse au gré des matelots,
Il fend la plaine humide et sillonne les flots ;
Il vole, il siffle, arrive ; Alger brûle sa poudre,
Et le bruit du canon semble imiter la foudre.

Si du ciel indulgent un ange protecteur
Apaise, unit la mer et garde l'Eclaireur,
Ah ! combien de revers dans mille autres voyages,
Frappant d'autres martyrs de cent divers ravages !
Sous un ciel ténébreux, entr'ouvert par l'éclair,
La tempête, la nuit, ébranle au loin la mer.
Sous un vent déchaîné, sous la fréquente pluie,
Le matelot s'alarme et la toile se plie;
Le proscrit est jeté de péril en péril ;
Il ne croit plus atteindre à la terre d'exil.

Sans consolation, cloué dans le navire,
Il invoque la mort, vers le ciel il soupire ;
L'Eternel s'attendrit , étend son bras puissant,
Il enchaîne les flots, il arrête le vent.
Le proscrit au trépas renaît à l'espérance,
Il entre dans un port, bénit la Providence.

Vous, messagers divers, Labrador, l'Eclaireur,
Montézuma, Raquin, Magellan et Grandeur,
Vous tous, bateaux légers, allez, glissez sur l'onde,
Annoncez nos douleurs aux quatre coins du monde.

LIVRE VI

Exil.

Randon sur son esquif se glisse sur le port ; (1)
Il inspecte la foule et lui délivre un fort.
Il a déjà parlé ; la timide cohorte
Quitte les flots amers, dans Birkadem se porte.

Ce général instruit aux leçons des combats,
De ses brûlants désirs enflamme les soldats ;
Son cœur est tout amour ; faut-il prendre une place ?
Il ne balance pas ; tout cède à son audace.
La victoire vingt fois l'a couvert de lauriers,
Il défendra toujours nos innocents foyers ;
Mille fois le proscrit a senti sa clémence ;
Les armes à la main, il mourra pour la France.

(1) Le gouverneur d'Afrique.

Le camp de Birkadem couronne un lieu désert ;
De mille oiseaux joyeux il entend le concert,
Sous de fragiles toits s'allongent d'humbles salles ;
L'aspect est languissant , les lumières sont pâles ;
Un bouillon insipide, une gamelle au riz,
Forment les deux repas des malheureux proscrits.
La coupe ne voit pas cette liqueur bénigne
Qui sort une fois l'an de la charmante vigne.

Dans notre noir séjour s'offre un spectacle affreux,
L'arrêt est foudroyant, l'esclave est malheureux,
On pèse le proscrit, on mesure sa force ;
A-t-on fixé le choix ? à sortir on le force ;
Dans un rude travail ils courent l'exploiter,
Le cachot est ouvert s'il en veut deserter;
Chaque jour, nos martyrs, dans la plaine brûlante,
Vont affronter la tombe ou la fièvre tremblante;
Leur corps mouillé, brûlé, tout poudreux, presque nu,
Meurt souvent dans les champs d'un filou bien connu.

Témoin de leurs soupirs, toi, route solitaire ;
Vous, forêts, vous déserts ; toi, rive hospitalière,
Vous, lieux silencieux, conservez les ennuis,
De leurs jours enflammés, de leurs glaçantes nuits,
Je recule d'horreur ; mon corps frisonne, tremble ;

Interrogeons Délys, Cin-Bénian, Saint-Tremble ;
Insultan, Bourkika, Blyda, Milymaret,
Birmadrez, Birkadem, Douera, Lazaret ;
Interrogeons Alger, Louet-Boutan, Bougie,
Boumeffa, Médéac, Maringo, Torturie,
Melianach ; Sétif, Mascara, Thipaza,
Orans, Bône, Cherchel, Cayenne, Lambessa ;
Interrogeons ces lieux ; sous la noire atmosphère,
L'arabe ou le colon nous diront leur misère ;
Ils montreront du doigt cent précoces tombeaux,
Couverts des ossements de nos pauvres agneaux.

Tout garçon sans vigueur, tout septuagénaire,
Bègue, borgne, boiteux, bossu, sourd, poitrinaire,
Manchot, muet, infirme et la jambe de bois
Gémissent dans le fort, et rampent sous ses lois.
Quel crime, quel abus ! on voit toutes ces classes,
De nos camps alarmés remplir toutes les places.

Sauve toi, cours, ô France,   les étendards ;
La troupe forte est là ; veille sur tes remparts ;
Sauve toi,... ces héros portés à tous les crimes,
Vont inonder ton sein de sanglantes victimes ;
C'en est fait de ta gloire..., ô criminels abus !...
Peut on craindre un martyr qui ne vit déjà plus !...

Généraux, Colonels, préfets, banquiers et prêtres,
Tous sont des partageurs, des scélérats, des traitres;
On les voit, ces brigands, confondus, tour à tour,
Remplir leur vile tâche, instruire notre cour ;
Leur délicate main avec gloire se prête
Pour prendre le balai, la pelle, la brouette ;
Quel avilissement ! quelle indigne leçon !
Tous ces savants heureux ont perdu la raison !...

A toi, grand philosophe, honneur, louange, gloire ; (1)
Pourrait-on se lasser de chanter ta victoire ?
Sur ton front radieux garde ces beaux lauriers
Que tu viens de cueillir dans d'innocents foyers ;
Sous des toits enrichis, vénérés d'âge en âge,
Tu découvres le vol, le meurtre, le pillage?
La force de ta plume au loin jette l'éclat,
Et tes sages conseils fixent le magistrat.
On admire par tout ta sagesse profonde ;
Non tu ne peux trouver de rival en ce monde ;
Par tes mots bien cousus, les lâches et les sots,
Pour hâter tes fureurs, ont monté mille assauts,
Leurs rapport fulminants, confirmés par toi même ;
Font, sur les fronts des rois, trembler le diadème,

(1) Qui habet aures audiendi, audiat.

Tu voulais qu'un poignard traversât notre sein,
Ces héros enchaînés trahiront ton dessein ;
Ils sauront imiter la fidèle colombe,
Planeront dans les airs et braveront la tombe.
Accusateur béat, philosophe du jour,
Ne crains-tu pas le ciel ? tremble, tremble à ton tour.

Et toi, caméléon, mouchard, monstre sauvage,
De tes sanglantes dents connais-tu le ravage ?
Tous ces abus, ces fers, cette brutalité
Ne sont-ils pas sortis de ta férociét ?
Dan ton délire affreux, dans ta noire insolence,
Tu diffames la gloire et noircis l'innocence?
Crois-tu trouver le prix de tes lâches travaux,
En éxilant ton frère ? en couvrant des cachots ?
Rougis, lâche rougis ; à toi, vengeance, blâme ;
Tes crimes, de tes jours empoisonnent la trâme;

Tu te fais l'instrument de nos spoliateurs ;
Entends frémir la terre et crains ses coups vengeurs.

La loi, dans notre France émane du seul trône ;
Ce point fondamental n'est nié de personne ;
La force, sans la loi, n'est qu'une cruauté,
Pour l'exil quel décret a-t-il été porté ?
Ce décret a-t-il dit : enchaînez l'innocence ?

Couvrez la du manteau de la folle démence ?
Et combien d'innocents ont lassé le courroux
De ces aigles, volants, mis en jeu par nos loups?
Si notre président permet un tel délire,
Plus tard, les pleurs, le sang inonderont l'empire.

Au sommet du Sion est l'immortel laurier,
L'homme-Dieu par sa croix, en trace le sentier ;
Peut-il l'homme égaré parvenir à sa gloire?
Peut-il, en reculant, remporter la victoire ?
Il ne voulait donc pas dépouiller le prochain,
L'infortuné proscrit en demandant son pain ;
Il ne voulait donc pas renverser la puissance,
Se salir dans la boue et dans l'indépendance.
Il voulait en vigueur les consolentes lois
Que dicte l'Évangile aux peuples, à leurs rois.
Tel était son vrai but ; la noire calomnie
A changé ces desseins, en desseins de furie;
Elle le montre armé sous le rouge drapeau ;
L'Eternel doit lui seul ouvrir notre tombeaux;
L'homme à l'homme enlever un seul instant de vie
Est-il crime plus noir !... âme plus avilie !...
Oui, le manteau du Christ offrait cette couleur ;
Mais il en fut couvert par un bourreau moqueur;
L'effusion du sang porte des rois aux trônes,

Le ciel frappe ces rois et brise leurs couronnes.

Couvre toi de la nuit, mensonge destructeur,
A la clarté du jour tes armes font horreur ;
Tes rapports combinés dans la cervelle innonde ;
De cent crimes affreux noircissent ce bas monde ;
Oses-tu loin de nous répeter tes forfaits ?
Quand tes mortels desseins seront-ils satisfaits ?
Si la loi, sans erreur, eût pu scruter les hommes,
Verrait-on de nos morts sur la plage où nous sommes ?

Punis, punis, ô ciel, le lâche délateur ;
Cherche le dans nos rangs, comprime sa fureur ;
Dans ton juste courroux, oui, déchaîne ta foudre ;
Quelle écrase sa tête et la réduise en poudre ;
La lâcheté du cœur l'assimile à Judas ;
Il a pris ses deniers, qu'il le suive au trépas.

LIVRE VII.

Tableaux, Délassements.

Olympe, je m'arrête et ce n'est pas sans cause ;
Il est temps que l'esprit s'égare ou se repose ;
Près du chemin poudreux, tel, le bon voyageur
S'assied sur le gazon, répare sa vigueur;
Tel, ton cœur épuisé par mes vives alarmes,
Doit respirer la fleur, tarir ses chaudes larmes;
De tes regrets amers, pose donc le fardeau;
Et nourris tes esprits de ce riant tableau.

De sa puissante main Muler ouvre la grille (1)
A la plaine liquide il conduit sa famille;
Des bosquets parfumés, d'ondoyantes moissons
Bordent notre chemin, bercent mes compagnons.
Près d'un verger champêtre où mille fleurs écloses

(1) Le commandant du camp.

Mêlent leurs doux parfums au doux parfum des roses,
La lyre a reveillé l'écho de ses déserts ;
Ses sons mélodieux consolent nos revers.
Trois ravissantes voix s'unissent à la lyre ;
Nôtre oreille saisit et nôtre âme soupire :
Près du joyeux concert s'allonge un vert vallon
Où pait le lent chameau, la chèvre, le mouton.
On sent de doux parfums ; à travers les feuillages,
On admire des fruits inconnus sur nos plages.
L'horizon nous étonne ; il est majestueux ;
La mer sous un ciel pur se présente à nos yeux.
Nous foulons à nos pieds, sur l'aride rivage,
Sur le sable brûlant , le brillant coquillage;
On s'assied sur le bord ; et l'œil suit les bâteaux
Qui glissent sur la mer, luttent contre les flots.
Les mats audacieux se perdent dans la nue ;
Par leurs drapeaux divers ils captivent la vue;
Nous voyons les sillons se créer, se grossir,
Se blanchir dans les airs, sur le sable mourir.
On admire un pêcheur, assis dans sa nacelle,
Qui trompe le poisson sous sa perche cruelle.

Notre troupe au signal, précipite ses pas,
S'élance dans les flots, va prendre ses ébats,
Quel spectacle charmant ! la mer est une glace ;

Trois cents nageurs joyeux glissent sur sa surface;
La joie et le plaisir percent l'air de leurs cris ;
On nous croit des heureux, non de pauvres proscrits.

L'œil à travers ma grille embrasse des prairies
Couvertes de l'émail de mille herbes fleuries;
Par des riants détours, de paisibles ruisseaux
Aiment à les mouiller de leurs limpides eaux;
Ils marchent lentement, et leur joyeux murmure
Roule, à flots argentins, sur un lit de verdure.
Le pin, sur nos coteaux fournit un pur encens ;
Le myrte a ses parfums, le verger ses présents ;
Dans le champ, l'épi d'or avec grâce balance ;
Au vigneron la grappe inspire l'espérance,
Tout étonne, ravit lorsque aux jours du printemps
La nature travaille à nourrir ses enfants;
On ne croira jamais que la riche culture
Trouve un sol si fécond en présents, en parure.

Sous nos remparts brûlans naissent de belles fleurs
A différente espèce, à diverses couleurs ;
Pour sentir leurs parfums le papillon voltige,
Et l'insecte rampant en mesure la tige ;
Pour prendre sa pâture ou chanter ses amours,
L'oiseau sort du feuillage à l'aube des beaux jours,

Linotte, rossignol, chardonneret, fauvette
Voltigent sur ce sol, charment nôtre retraite.
La matineuse caille avance son repas ;
De son chant elle invite à sortir des hamacs,
En sortant du festin, cette heureuse famille,
Du bec, peigne sa plume à trois pas de ma grille ;
L'un perché sur la fleur, l'autre sur le gazon,
Chacun veut gazouiller, frédonner sa chanson.

Alger ouvre à mes pas son enceinte féconde ;
Forts, canons et soldats sont prêts à troubler l'onde ;
Tout est antique, grand, noble et majestueux !
Je contemple ses murs et ses toits fastueux.
Leurs pieds sur des arceaux, grâce au ciseau de France,
Soutiennent dans les airs des maisons d'opulence;
Leur blancheur éblouit ; mille riches rideaux,
Bordés de glands dorés répondent aux arceaux.
Cent magasins divers étalent leur richesse ;
Les tissus d'or, d'argent y reluisent sans cesse.
Sous le palmier touffu bordé par le gazon,
Où la fleur parfumée entr'ouvre, le bouton,
On voit les fruits dorés, de la riche Algérie,
Exposés avec art, rangés en symétrie;
Anes gentils, mulets, vaches et lents chameaux,
Tout court pour déposer ou charger des fardeaux,

Pressés de tout côté par la foule mouvante,
Nulle issue en ce lieu pour vous ne se présente ;
Il faut de grands efforts pour sortir d'embarras ;
Il faut lutter dix fois pour gagner quatre pas.
Les noirs, dans la cité, sous leur écharpe sale,
Demi-nus, sans manteau, courent de halle en halle,
Par son geste et sa voix, au sommet d'une tour,
Un maure à Mahomet témoigne son amour ;
Son corps est agité ; sa voix extravagante ;
L'étranger rit souvent, souvent il s'épouvante;
Sa prière ou ses cris sont un sourd hurlement
Qu'il pousse vers son dieu toujours en grimaçant.

Sous les murs orgueilleux qui cachent le théâtre,
On voit le sexe noir et le sexe mulâtre ;
Leur nez est applati ; leurs yeux humides, ronds ;
La lèvre fort épaisse et saillants sont leurs fronts.
Sur le bord du chemin, assises sur leur natte,
Elles vendent la figue avec la maigre d'atte ;
Leur langage déplaît; leur teint choque les yeux ;
Leur sombre nudité fait abhorrer ces lieux.

Vierges de notre France, au frais et blanc visage,
A vos rares beautés ici tout rend hommage ;
O douce vision ! vierges pleines d'appas,

Fuyez, fuyez ces noirs, allez dans nos climats.

Aux jours de lutte, Alger signale le courage ;
Il cède à ses lutteurs ses hôtels et sa plage ;
Pour concourir au jeu, l'habile cavalier,
Tout couvert d'or, d'argent, parait, sur son coursier.
Le cercle immense est fait ; l'arène est toute prête ;
Cavaliers et coursiers vont mesurer leur tête ;
Un vigoureux cheval, l'œil ouvert, le teint noir,
Du cavalier bouillant réalisa l'espoir ;
Il était le dernier, il court, vole, s'élance,
Traverse ses rivaux, hennit et les devance,
Il vole dans l'arène, arrive le premier,
Et son humide front reçoit le vert laurier.
Mille divers combats s'engagent sur l'arène ;
Chacun, pour le laurier, veut voler, perdre haleine ;
Un trompette penché sur son coursier tout blanc,
De trente forts rivaux a depassé le rang ;
Il en reste encore un qui vole, le devance ;
Il l'attent, le dépasse, obtient la récompense.
En voyant ce coursier, l'intrépide animal
Hennit, frappe du pied, insulte à son rival,
La main qui le conduit le flatte, le caresse ;
Elle doit son laurier à sa seule souplesse.

A la fin des combats, les deux coursiers vainqueurs ,

Luttent seuls, sous rubans à diverses couleurs ;
Ils partent à la fois, volent vers la victoire ;
Arrivent à la fois et partagent la gloire.
On vit ces deux coursiers tout fumants fendre l'air,
Parcourir leur arène aussi prompts qu'un éclair.

Par ces portraits riants j'espère que ton âme
A retrouvé sa force et ranimé sa flamme ;
Garde mes souvenirs ; je reprends mon pinceau ;
De nos calamités poursuivons le tableau.

LIVRE VIII.

Portraits déchirants.

Tu le sais ; le proscrit, sous l'impure atmosphère,
Tremble, sue ; et souvent est sans lit, sans chaumière ;
Il bâtit des maisons ; il plante le poirier ;
Il ouvre des chemins ; féconde l'olivier,
Le bras plein de vigueur, le cœur plein de bravoure ,
Il cultive des champs que nul soc ne laboure.
Air impur, lacs infects, froides nuits, jours brûlants,
De son corps épuisè, sapent les fondements :
Il pâlit ; il maigrit ; devient méconnaissable ;
Son air est morne froid, son aspect lamentable ;
Il r'entre dans le fort, de labeur expirant ;
Nous conduisons ses pas vers le toit alarmant. (1)
· Trente lugubres lits gardent trente victimes ,
Elles vont au tombeau pour expier leurs crimes.

(1) A la salle des morts et des mourans.

L'un, la lèvre livide, à les yeux presque éteints ,

Les signes de la mort sur ses traits sont empreints.

L'autre, embrasé du feu d'une fièvre brûlante,

Redit des mots confus dont l'âme s'épouvante ;

Son oreille affaiblie, à peine entend les sons ;

Ses membres sont par fois glacés par les frissons.

Combien d'autres martyrs, ambulants, vrais squélettes

Égarent nos regards, empoisonnent nos fêtes !...

Leurs longs gémissements, leurs yeux creux, leur pâleur,

Des barbares soldats émoussent la fureur;

Nous suivons, en tremblant, leur marche chancelente,

Ils sont prêts à tomber dans la tombe béante.

Quel foudroyant aspect ! oh lamentable sort !

Un tombereau lugubre avance dans le fort ;

Le mulet qui le traîne a la tête baissée ,

L'œil mouillé, l'air pensif, la marche embarrassée ;

La porte aux noirs battants, s'ouvrant sur ses vieux gonds,

Il enlève du camp nos martyrs moribonds;

Nous d'éguisons nos cœurs, par nos mains empressées,

Ces victimes d'amour sur le char sont posées ;

La paille les reçoit , un drap blanc cache à l'œil,

Le corps qui pour jamais va descendre au cercueil,

Le moribond gémit ; dans sa douleur amère,

Il entr'ouvre ses yeux, les fixe sur son frère;

Le char lugubre part, et l'hospice demain,
Voit tomber la victime à son fatal destin.

Dans les forts, dirigés par un homme féroce,
Nos morts sont enfouis dans une et même fosse ;
Nos frères consternés, temoins de ces horreurs,
En sanglots déchirants exhalent leurs fureurs.

Victimes du fléau, vous épouses, vous mères,
Vous, enfants dont les pleurs innondent vos chaumières,
Prier agenouillés sur leurs sacrés tombeaux,
Calmerait de vos cœurs les éternels sanglots ;
Gémissez, sanglotez , une mer vous sépare,
En pesant vos malheurs, on frémit, on s'égare ,
Victimes du mensonge, au ciel ayez recours,
En vain vous demandez des tombes, de secours,
Eternel, sur leur front, de ton auguste trône ,
Daigne étendre ta main et pose une couronne.

J'ouvre un jour le tableau qui garde nos malheurs ,
Un proscrit r'entre au camp et nous mélons nos pleurs.
D'un ami généreux une tombe cruelle
A ravi pour jamais la dépouille mortelle !
O malheureux Roussel ! ô victime d'amour !
Tu ne reverras plus ton fortuné séjour;

Ton corps a succombé sous l'indigne torture ,
Tu n'as pu résister au cri de la nature ;
Une épouse timide, un fils dans son berceau,
En reclamant ta main, ont creusé ton tombeau ,
Nouvelle veuve, ici, commence ta souffrance ,
Ici, pauvre orphelin, s'éteint ton espérance ;
Oui, la mort à frappé... C'en est fait, mère, enfant,
Héritez des vertus qu'il nous laisse en mourant.
Et toi, pieux Roussel, sur tes brillantes ailes ,
Va recevoir la palme aux voûtes éternelles.

Noir calomniateur, ensanglanté vautour,
Rougis des pleurs amers, des horreurs de ce jour ;
Ou plutôt raille-toi de nos douleurs muettes ;
Enivre toi de joie en tes barbares fêtes ;
Poursuis, poursuis ta rage , amène le trépas ,
Oses-tu réculer ? poursuis, ne rougis pas.

La veuve désolée affronte la tempête ,
De son époux aimant court chercher la retraite ;
La fidèle colombe arrive à nos verroux,
Sous son corps abattu fléchissent ses génoux :
L'époux sort de la nuit, la douleur l'accompagne,
Il voit s'évanouir sa fidèle compagne;
Un élixir divin versé par nos proscrits,

Du cœur mourant d'amour rappéle les esprits.
Dans des soupirs pressés elle tremble, elle avance,
Voit-elle son époux ? elle pleure et s'élance,
L'enlace dans ses bras, éclate en doux transports,
Ce couple infortuné ne forme qu'un seul corps;
Les yeux noyés de pleurs, ils se serrent, se pressent:
L'amour les réunit, les sanglots les oppressent.
Tel, sous l'humide ciel, le lierre en serpentant,
Serre le jeune tronc du peuplier tremblant,
Tel, ce couple pieux, oubliant ses alarmes,
S'embrasse, s'attendrit et s'inonde de larmes.

Docile, aimante épouse, ah, quel est ton amour !
Il aiguise les traits de nôtre sombre tour;
Il a mouillé cent fois ta mourante paupière;
Tu quittes par ses feux ta paisible chaumière,
Quelle sera ta palme? ô glorieux hymen,
Le ciel te cimenta de sa puissante main.

Des limites du temps souvent l'homme s'égare;
L'amour les réunit, la force les sépare ;
L'époux, pâle, pensif rentre dans ses vieux fers,
L'épouse en sanglotant va traverser les mers.
Quel fléau pour leur cœur ! quel excès de souffrance !
De se revoir un jour ils perdent l'espérance.

Couple aimé, qui poindrait le glaive de douleur,
Qui, traversant vos flancs, va percer votre cœur ;
Les larmes, de vos jours racourciront la trame,
Il n'est que le cercueil pour consoler votre âme.

Émousse, éteints, ô ciel la sensibilité ;
Laisse-nous dans les fers et dans l'obscurité;
Garde, loin de nos yeux, sous le beau sol de France,
Garde ces cœurs brûlants où fleurit l'innocence ;
Non, qu'ils ne viennent plus dans ces lointains climats,
Stimuler nos regrets, hâter notre trépas.

Toi, fille que l'hymen va rendre impératrice,
Regarde les proscrits et sois leur protectrice ;
Presse, ébranle le cœur de ton futur époux ;
Réunis tes efforts pour briser nos verroux ;
Vers le trône immortel cours contempler Marie,
Elle exauce la voix du pauvre qui la prie;
Comme elle, destinée à régner ici-bas,
Taris, taris nos pleurs, viens délier nos pas.
Oh, s'il en est ainsi, quelle sera ta gloire !
L'univers tout entier chantera ta victoire ;
Ce chant pénétrera les portiques des cieux,
L'immortel à jamais couronnera tes vœux,

Tel, le pêcheur surpris par la pluie et l'orage ;

Dans un ruisseau bourbeux, se débat, lutte, nage ;
Il veut, du peuplier saisir l'humble rameau,
Et meurt enseveli sous la masse de l'eau.
Tel, le pauvre proscrit porte ses cris au Louvre,
Il les redit cent fois, et jamais il ne s'ouvre ;
Assailli par l'ennui, vaincu par les revers,
Il gémit, il sanglote, expire sous les fers.

LIVRE IX.

Calamités en France.

Dans nos jours orageux, sur l'étrangère plage,
Pendant que nous traînons les fers de l'esclavage,
La France craint, s'ébranle ; un déluge de maux
Envahit ses cités, ravage ses hameaux.
Sous son crêpe alarmant, dans les bois, dans les plaines
Elle voit des fuyards chargés de lourdes chaînes ;
On les jette aux cachots ; dans un lieu souterrain
Ils craignent l'avenir, accusent le destin ;
Le froid glace leur corps, des valets les torturent ;
L'obscure nuit connaît les douleurs qu'ils endurent.
Que de pressants sanglots, que de gémissements
Pour une aimante épouse et pour ses chers enfants!

Un second esclavage existe dans la France (1)

_____

(1) Dans toutes les villes de France on voit des internés.

Pour le demi-proscrit, moins coupable en démence,
Ses pas sont arrêtés dans un cercle prescrit,
Son art ne sert de rien, son espoir est détruit.
De ses petits deniers voulant tarir la source,
On a pensé d'abord à prolonger sa course ;
Il a battu longtemps cent chemins tortueux,
Quand un chemin direct, sans frais, flattait ses yeux,

Le voisin intriguant, que notre exil protège,
Dépouille nos foyers en sa faim sacrilège ;
Il achète pour rien nos meubles, nos bijoux,
Il se met sans rougir, au nombre des filoux.

Quand le destin de fleurs borde notre carrière,
Avec gloire l'ami défend notre chaumière ;
Vient-il à vous charger de misère, de fers ?
L'ami nous abandonne et rit de nos revers.

Le chiffre des proscrits dépasse toute attente,
Le croira-t-on plus tard ? un seul est pris sur trente :
Si notre belle France eût eu nombreux cachots ;
Le choix ne coûte rien, ils seraient pleins d'agneaux.
Tel était le beau plan fait par la calomnie,
Le sang devait partout inonder la patrie !... (1)

----

(1) Tout républicain est un monstre destructeur.

Depuis longtemps, la France en ses jours de fureur,
N'a compté sur son sein tant de maux, tant d'horreur.
L'avenir étonné de son ancienne gloire
Doutera de ces faits qui font pâlir l'hi toire;
Instruits par ces leçons, les peuples et a rois
Contre nos exploiteurs proclameront des lois.

Rentrons dans nos foyers, déchirons nos entrailles,
Oh, quelle vision, dans ces tristes murailles !..
L'enfant saisit sa mère, embrasse ses genoux ;
La mère soupirant réclame son époux ;
Elle manque de pain ; dans des vives alarmes,
Aux pleurs de son enfant elle mêle ses larmes.
Dans son noir désespoir pour calmer sa douleur,
Elle court encenser son vil persécuteur ,
Cœur généreux, dit-elle, éplorée, éperdue
Après un si long deuil l'espérance m'est due ;
Brise nos lourds verrous ; ma famille est sans pain ;
Que ses cris et mes pleurs sur nous ouvrent ta main.
Parfois le cœur d'acier, par amère ironie,
Feint de montrer l'epoux rentrant dans sa patrie ;
Et parfois la vengeance allumant son courroux
Il déclare éternels ses alarmants verroux :
Fuis, pauvre épouse, fuis, loin de ce seuil avare ;
Il n'est pas de bienfaits dans un cœur si barbare.

O honte ! ô désespoir ! autres calamités
Ravagent les hameaux, désolent les cités ;
Divers, tigres, atteints d'une flamme jalouse
Ont exilé l'époux pour séduire l'épouse ;
Le scandale partout a soulevé les cœurs ;
Nos foyers sont obscurs, tristes, noyés de pleurs.

L'innocence repose en un vase d'argile ;
Il se brise en tous lieux chez la veuve fragile ;
Rompre les nœuds sacrés d'un glorieux hymen !...
Meurs, meurs, aimant époux sous le verrou lointain.

Divers fils, frémissons, bondissent d'allégresse ;
En exil pleure un père, ils chantent dans l'ivresse ;
Ris, danse, jeux, banquets trahiront leur espoir ;
Les tigres, tôt ou tard, mettront le crêpe noir.

Au milieu des périls la candeur héroïque
Balance, tombe, meurt chez la vierge pudique,
Loin de l'œil vigilant on trompe le destin ;
Sous des toits vénérés naît l'enfant clandestin.

La veuve que l'amour égale à la Colombe,
Pâlit sous ses doux feux et descend à la tombe.
Sur son tombeau sacré ses fils portent leurs pas ;
Vers le fatal exil tendent leurs faibles bras.

Malheureux orphelins, que vous êtes à plaindre !
Que ne peut la douleur à mourir vous contreindre !
Pour vous, quel avenir ? faibles, seuls, sans secours,
Ailleurs que dans la tombe aurez-vous d'heureux jours ?
Qui guidera vos pas ? qni séchera vos larmes ?
Qui des nobles vertus vous montrera les charmes ?
Non, non, vos jeunes cœurs marcheront sans flambeau !
Craignez, craignez, enfants, un précoce tombeau.

L'infortuné proscrit, sort-il de l'esclavage ?
Vient-il mêler ses pleurs aux pleurs de son village ?
Son proscripteur barbare abjure la raison,
Il croit voir le proscrit exhaler le poison;
Il le fuit ; il l'abhorre ; et l'objet de sa haine
Surchargé de besoins dans les larmes se traîne ;
Il lui faut du travail, du crédit et du pain,
Et le patron le fuit !... il racourcit sa main !...
Pour nourir ses enfants ; les sortir de la fange,
Fandra-t-il que le ciel fasse descendre un ange !...

Toi, barbare patron, voilà tes nobles faits ;
Ton cœur ne peut s'ouvrir à l'amour, aux bienfaits ;
Le délire, en naissant, bouleversa ton âme,
Des remords déchirants dois-tu craindre la flamme ?
Poursuis, presse ton cœur ; distille ton venin ;

Voudrais-tu reculer ? tu touches à la fin.

Marche, marche, assouvis ta dévorante rage ;

De ta main, cours ouvrir au plus dur esclavage ;

Fouille les noirs tombeaux de nos pâles aïeux ;

Sors leurs restes infets, leurs ossements poudreux ;

Jette en ces lieux obscurs ; scelle sous la poussière,

Ces corps dont l'innocence offusque ta paupière :

Alors tu jouiras... ta frauduleuse main

Ne s'allongera plus pour arracher leur pain ;

Le fruit de leurs sueurs dormira dans ta bourse :

Ils ne troubleront plus ta criminelle course.

Tu pourras à plaisir, poursuivant tes écarts, (1)

Pour détruire un rival aiguiser tes vieux dars ;

Vois, il monte à l'honneur ; il marche sur tes traces ;

Dans la vente et l'achat, t'imite dans les places;

Songe à paralyser son glorieux élan,

Fais tomber son crédit, fa[i] [c]raindre son bilan.

Pourvoyeur de la mort ; enfant de la vipère :

Quand le ciel sur ton front vomira sa colère.

Et toi, juste patron, ici s'ouvre ton rang,

Viens du spoliateur couvrir le fron de sang,

(1) La bonne foi, la solvabilité sont trahies dans les marchés par la jalousie.

Viens faire ressortir de ma tragique histoire
L'excés de ses fureurs et les traits de ta gloire;
La veuve, l'orphelin, le proscrit dans ses fers,
Ont vu cent fois ta main tarir leurs pleurs amers,
Avance, heureux patron, dans ta noble carrière ;
Que l'ouvrier de ton pain nourrisse sa chaumière;
La houlette à tes pieds, garde ton cher troupeau,
Le rang du bon pasteur vaut le rang du bourreau.
La honte sur le front qu'il reste dans la fange;
A toi seul nôtre amour, et la palme de l'ange,
A toi, nôtre bonheur; à toi, nos vœux brûlants;
A toi, nos chants joyeux et nos seconds encens.
Tu tiens la place ici de ton Dieu qui se cache,
Marche, énorgueillis-toi de ta divine tâche.
Sublimes fonctions ! comment le cœur d'airain
Peut-il sur la misère, épuiser son venin !...
Homme, comment peut-il bouleverser la terre!..
Abjurer la raison, provoquer le tonnerre!.r

LIVRE X.

Empire.

Ces excès de fureurs, leurs alarmants tableaux
Provoquent le courroux des villes, des hameaux,
La justice a ses feux et la raison sa flamme,
Leurs nombreux partisans, blessés au fond de l'âme,
Dans les lieux opprimés, par mille écrits divers,
Du Louvre triomphant vont troubler les concerts.

Notre président part; il inspecte la France, (1)
Partout règne le deuil, la terreur, la souffrance.
Son cœur semble ébranlé par ce torrent de maux,
Il promet de r'ouvrir nos désolants cachots.

Le peuple, sur ses pas, l'œil inondé de larmes,
Demande à cris perçants la fin de nos alarmes ;
Grâce, grâce, dit-il aux malheureux proscrits,
De leurs enfants mourants daigne écouter les cris.

(1) Il sort de Paris le 15 septembre, il y rentre le 16 octobre.

Et toi, sois empereur, assieds-toi sur un trône,
La France sur ton front dépose sa couronne.
L'ambitieux bercé des cris et du laurier,
Charge la main du sceptre et garde un cœur d'acier, (1)
Il se cloître en son Louvre avec sa coterie,
Retracte sa promesse et trompe la patrie.

Dans ces jours désastreux, les innocents agneaux
N'espèrent plus brouter l'herbe de nos coteaux,
Le berger sans amour a vendu sa musette;
A des sanglants bouchers a cédé sa houlette.
A-t-il cru, le barbare, augmenter ses exploits ?
Illustrer notre France ? édifier les rois ?
L'amour fait l'union, l'union fait la force :
De s'entredéchirer sans relâche on s'efforce;
Dans l'avenir se cache un lamentable jour ;
En vain nous crierons union! force ! amour !...

De cent divisions notre exil est le germe;
On connaîtra plus tard, les revers qu'il renferme ;
L'homme attaquera l'homme, il tramera sa mort,
Le fort battra le faible et le faible le fort.
Du Nord jusqu'au Midi grondera le tonnerre;

(1) Le 2 décembre il fut proclamé empereur.

La désolation envahira la terre ;
Un sang pur coulera sous nos remparts poudreux,
Une bouche de fer y vomira des feux.

Monarque, quant à moi, la justice commande,
Je veux sur son autel déposer mon offrande;
L'homme à la vérité ne doit pas être ingrat;
Tu mets tout sous tes pieds, tu seras sans éclat.
Ta mère dans Paris brise tes lourdes chaînes, (1)
Dans sa sollicitude elle interdit les haines,
Sa maternelle main te fixe au premier rang,
A Rome, ton poignard lui déchire le flanc.
Comment creuser la tombe à Celle qui t'adore ?
Tout souillé de son sang, oses-tu vivre encore ?
Ce forfait inouï, ce parricide affreux
Rallume le courroux de la terre et des cieux.
Non, tu ne peux régner, la vengeance t'assiége,
Un bras de fer soudain renversera ton siège.
Le trône va bientôt t'écraser de son poids;
Ton oncle l'a prédit, daigne écouter sa voix :
Dix lustres, belle France, en défense, en attaque,
France, et la République ou le bouillant cosaque,
Sur tes murs ébranlés, malgré tous les poignards,

(1) La République.

Arboreront encor l'un de leurs étendards.
Quel serait l'insensé (si ton oncle est prophète)
Qui sur le trône assis ne craindrait pour sa tête ?
Et sur le sol français, ne découvres-tu rien ?
Mille secrets complots tourneront-ils en bien ?
Sous la sombre lueur de nos pâles lanternes,
On voit tes pas trahis par d'étrangers internes.

Seul, resterais-tu sourd ? vois le bras du destin ;
Oui, le sceptre usurpé va tomber de ta main ;
La France te maudit, te reconnaît parjure,
De ta race infectée elle sent la morsure.

Napoléon Ier, dans ses écarts divers,
D'un déluge de sang inonda l'univers, (1)
Le ciel en eut horreur et brisa son épée.
Sa tige heureusement par la mort fut trompée. (2)
Toi, Napoléon III, crois-tu par tes fureurs, (3)
T'égaler à nos grands ? mériter leurs honneurs ?
Sorti d'un long exil, brisé par nos cohortes,
D'un exil alarmant tu nous ouvre les portes !...

(1) Napoléon Ier versa le sang de 7 millions d'hommes.
(2) Napoléon II mourut par le poison, arme de la crainte et de
l'horreur.
(3) Napoléon III plus tard aura ses juges.

Sur notre trône assis tu te ceins de poignards ;
Tu fais des coffres-forts, tu voles des millards !...
Des fainéants agents partout couvrent les rues ;
On pense à chaque pas qu'il en tombe des nues ;
Ils dévorent l'Etat , vexent les gens de bien,
Tu leur prodigues l'or, ils ne font jamais rien.
En cessant de régner ta barbare furie
Peut encore trahir notre belle patrie ;
Vil et digne instrument d'un esprit infernal,
Ne connaissant le bien, tu feras toujours mal.
Depuis 52, à nos vives alarmes,
Joins nos morts, nos mourants, joins nos chaînes, nos larmes
Crois-tu pouvoir éteindre un sang républicain ?
Dans tes profonds calculs tu t'épuises en vain.
Arrête ton poignard, sa rage est inutile ;
Du sang qu'un seul répand il en sort au moins mille.
Ce glorieux essaim planera dans les airs,
Fondra sur nos tyrans et brisera leurs fers ;
Leurs formidables rangs, remparts inexpugnables,
Feront trembler au loin les trônes redoutables.

Londres, Belle-Ile, Rome en leurs secrets divers,
Calculent les moyens d'arrêter nos revers ;
Notre troupeau bêlant réclame leur houlette,
Pour couronner ses vœux le bras du ciel s'apprête.

Oui, ces sages bergers, ces victimes d'amour,
Sortiront glorieux du ténébreux séjour;
Sous leurs puissants efforts la forte monarchie
Fera place en tremblant à l'humble hiérarchie ;
Du sol renouvelé disparaîtront impôts,
Barbares cruautés, sanguinaires complots ;
Des millions n'iront plus enrichir des faux frères;
Le riche à la raison soumettra ses lumières.

Voilà les nobles faits, toi, vil spoliateur, (1)
De l'homme que ta voix veut proclamer sauveur ;
Oses-tu, sans rougir, pour hâter tes pillages,
Convertir en exploits, ses désolants ravages ?
La France dont le sang abreuve les sillons
Va bannir pour jamais tes faux Napoléons.
Le paysan trompeur, la cour qui l'environne
Pour ramasser de l'or ont conservé son trône;
Dans ses coupables mains, son lourd sceptre usurpé,
Sans ces lâches cent fois aurait été brisé.

Tu danses, empereur, défendu dans ton Louvre ?
Crains, crains que sous tes pas une tombe s'entr'ouve,
Es-tu père commun ? peux-tu trahir, danser ?

(1) L'homme largement salarié et souvent sans mérite.

Barbare, cruel père, apprends à mieux penser.

Toi, prince infortuné, fils d'un père coupable,
Ouvrons ton avenir ; quel aspect lamentable !...
Pour laver son épée, expier ses fureurs,
Il faut des pleurs de sang et des rochers vengeurs, (1)
La France avec le ciel ont frappé d'anathème,
Ce père ensanglanté, son épouse et toi-même ;
Dans des climats classés, vite, portez vos corps,
Où votre sang versé consolera nos morts.

France, toi, qui courais de victoire en victoire ;
Toi, qui montrais ton front tout rayonnant de gloire;
France, 52, sur ton immense sein,
De tes sanglants vautours n'a pu compter l'essaim.
France, une obscure nuit ceint l'éclat de tes armes ;
Tes lauriers vont jaunir par nos brûlantes larmes ;
L'étranger confondu dans l'honneur va rentrer ,
France, France, recule et crains de te montrer.

Ciel, dans ton heureux sein, dort notre république,
Entoure son berceau de ta troupe angélique;
Que pleine de vigueur et d'amabilités,

(1) Les rochers, les soupirs de Sainte-Hélène.

Elle ait à son réveil l'hommage des cités,

Qu'un vigilant nocher guide sa sainte barque;

Qu'à nos Etats-Unis il emprunte la marque, (1)

Nos tyrans enhardis se croient des demi-dieux ;

Ils arrosent de sang nos monts silencieux ,

Ils triplent nos impôts, paralysent nos braves,

Et, d'un peuple innocent, font un peuple d'esclaves.

L'Afrique voit ses forts remplis de nos proscrits;

En France, sous nos toits, quelles larmes !.. quels cris !.,

La tartane affrontant les écueils, les pirates,

Dans des climats lointains porte des démocrates.

Que d'excès, que d'horreur ! noble fille du ciel,

Toi, que bénit jadis la main de l'Eternel;

Toi, dont l'Homme-Dieu prêche et les droits et l'empire;

Ce dieu meurt dans tes bras !.. pourrait-on te détruire ! (2)

Roi, monarque, empereur, tout titre est emprunté ;

Le rameau doit répondre au tronc qui l'a porté.

Fille pleine d'appas, mère tendre et féconde ,

Sors du sacré berceau, redescends dans ce monde :

Du torrent débordé, viens arrêter le cours ,

(1) La Liberté, l'Egalité et la Fraternité.

(2) L'Homme-Dieu fut républicain sur la terre; chaque page de son évangile prêche la charité qui renferme tous les droits d'une sage République,

Viens consoler ton fils et défendre ses jours,
Sans cesse sous ses pas s'ouvre la noire tombe,
Viens, viens, fille du ciel, empêcher qu'il y tombe.

LIVRE XI.

Noires Peintures.

Le proscripteur ardent, ce féroce vautour,
Trompe par mille écrits l'empereur et sa cour,
Il voudrait, le barbare, immoler nos victimes ;
A leurs nobles vertus substituer des crimes.
Il voudrait, en payant, convertir nos cachots
En funèbres réduits, en immortels tombeaux.
Nous disons en payant, spoliateur barbare,
N'as-tu pas retiré du fond du coffre avare,
Pour abréger nos jours, nous torturer encor,
Billets de banque, effets, promesses, argent, or ?
Sans cesse la douleur s'irrite et se prolonge ;
Nos fers sont moins cruels que l'indigne mensonge, (1)
Nous vidons chaque jour la coupe du malh... ;
Un avenir obscur nous glace de terreur,

(1) Nous partons demain et demain on resserre les fers

Dans un noir désespoir, la tremblante cohorte
Voudrait briser la nuit sa formidable porte,
Affronter le fer nu, fondre sur les soldats,
S'ouvrir vite un chemin ou voler au trépas.
Elle observe des yeux à travers les campagnes,
Les creux rochers d'Atlas hérissés de montagnes
Que couvrent des forêts ou vit l'ours carnassier,
Le lion destructeur, le singe grimacier ;
Brisons nos fers, dit-elle, ou d'une course agile,
A travers la terreur, volons chez le kabile ;
Tombons à ses genoux, implorons son pardon,
Mourons ou rangeons-nous sous son noir pavillon.
L'amour du sol natal et les noms qu'on adore,
Éteignent tous ses feux et l'enchaînent encore.
Le proscrit est pensif ; il sort de son erreur,
Renonce à son projet, se résigne au malheur.
Il ne peut s'arracher à cette belle France,
Malgré les coups mortels portés par sa vengeance ;
Il recule d'horreur ; il a voué son bras
A défendre les droits de ses riants climats ;
Il est né franc, fidèle ; il rêve à sa patrie,
Il laisse à l'étranger sa belle Kabilie.

Birkadem ne veut plus veiller sur nos proscrits,
Douera de ses forts ouvre les noirs réduits.

Les infirmes souffrants, pâles, la voix éteinte,
S'avancent les premiers vers, la fatale enceinte.
Le malheureux manchot dévore dans son cœur,
Les sentiments aigus de sa vive douleur ,
De son active main il porte sa besace ,
Il va l'œil égaré, se ranger à sa place.
L'infirme dont le mal est caché dans le flanc,
D'un air mélancolique avance vers son rang ;
L'espérance en son cœur a fini par s'éteindre,
A la terre adorée il ne croit plus atteindre.
Arrivent la béquille et la jambe de bois;
De leurs corps avec peine elles trainent le poids;
Leur main droite accrochée à leurs reins trop flexibles
Leur donne la vigueur pour ces courses pénibles.
Les vieillards décrépris par la force du temps,
Paraissent les derniers sous leurs beaux cheveux blancs,
Leur sagesse, leurs noms, leurs fronts couverts de rides;
N'inspirent nul respect à nos gardes perfides.
Un bâton à la main, ils marchent lentement,
Leur cœur parfois exhale un long gémissement.
Le reste est entouré de dures baïonnettes;
Un conique chapeau s'élève sur nos têtes;
Vers le fort menaçant le fer presse nos pas ,
Il est dur de marcher sous la main des soldats;
Quand échapperons-nous à ce sanglant cortége,

Ciel, contre sa fureur que ton bras nous protége.

Au centre du danger ce noir fort est assis;
Son sein silencieux a compté nos proscrits.
Il couronne un sol riche où d'humbles éminences
présentent des coteaux tout couverts de semence.
Cent diverses tributs et le vert horizon
Déguisent les horreurs de sa sombre prison.
Naguère il fut bâti par un sage architecte,
Il ne voit nul rocher, nul ruisseau ne l'humecte ;
Dans son sein ténébreux entrent des tombereaux
Chargés de moribonds vaincus par les travaux.
Sans cloches, dans la nuit, sans bedeau l'on inhume,
Pour honorer les morts, jamais l'autel ne fume.

Mille lieux effrayants dans ce climat lointain,
Décèlent l'air impur, le colon inhumain ;
Pour noyer dans les pleurs la plus dure paupière,
Qu'elle aille vers nos morts, scruter le cimetière.

La mort vient de frapper un de nos compagnons,
Nous suivons son cercueil sur ses poudreux sillons :
Ce sol est tout fouillié par la pioche fatale;
On dirait que l'airain, de sa bouche infernale,
A vomi la terreur, la mort sous chaque toit;

Voyant ce noir séjour l'œil recule d'effroi.
Il a déjà compté plusieurs tombes béantes,
Prêtes à recevoir les victimes mourantes.
Les bords sont tous couverts de pâles ossements ;
Le suaire offre encore de livides fragments.
Une forêt de croix, la couleur sombre, noire
De mille compagnons rappelle la mémoire,
Ce signe consolant brille sur les tombeaux ;
Mille touchants écrits provoquent les sanglots ;
L'œil mouillé lit les noms, les vertus, la souffrance
De ces fils adorés, rejetés de la France.
Dans une urne sacrée, aux pieds de chaque croix,
Une fleur et nos vœux parlent au roi des rois.
Tout arrache des pleurs dans l'enclos détestable,
Pourquoi ne pas mourir sur le sol adorable ?
Arrête, mort cruelle, arrête tes noirs traits ;
Ciel, renverse le trône ou change ses décrets.
Quand pourrai-je échapper à l'impure atmosphère,
N'irai-je pas dormir dans ce noir cimetière !...

Olympe, abandonnons tous ces divers sujets ;
De mes esprits mourants, ils triplent les regrets.
Notre corps délabré croit entrevoir la tombe ;
Il faut bien s'étonner si soudain il n'y tombe.
L'heureux sol viendrait-il s'ouvrir à son troupeau,

Par la mort, tous les jours, il perdrait quelque agneau.
Pourrait-on vivre encor , quand loin de la patrie ,
On a bu le poison de la mélancolie ?
Mille traits ont percé le cadavre ambulant ;
Sa carrière est fini et son tombeau béant.

Si je pouvais, hélas, par un saint parallèle,
Montrer de Golgotha la foule criminelle
Qui tond l'agneau muet ; avide de son sang,
Se dispute le fer pour déchirer son flanc ;
Et montrer les vautours sur le sein de la France,
Garrotter, enlever, exiler l'innocence;
L'exposer à la mort, dépasser les décrets ;
Mais l'homme près d'un Dieu !... j'adore et je me tais.

Peux-tu permettre, ô ciel, un pareil esclavage ?
Devons-nous tous mourir sur la brûlante plage ?
Le reste des proscrits quand rompra-t-il ses fers ?
Quand, vers des Noms sacrés courra-t-il sur nos mers ?
Ne reverrions-nous plus nos heureuses frontières ?
Toujours des pleurs amers noyeraient nos chaumières ?
Viens, viens briser nos fers ; change notre destein :
Pour conserver nos jours, il faut le doigt divin.
Ton bras seul, mille fois a garanti nos têtes
Du venin des cachots, des dures baïonnettes ;

Achève ton ouvrage et fais régner tes lois ;
Rends-toi, dans ton amour, à nos mourantes voix.
Montre enfin à nos yeux le beau pays de France ;
En toi nous espérons ; bénis notre espérance;
Ciel, souris à nos vœux ; sur le sol créateur,
Nous chanterons ta gloire et ton bras protecteur.

Pendant que nous tremblons sur la tombe béante,
Le ciel entend nos cris, couronne notre attente.
Malgré les proscripteurs, leurs durs fers, leur courroux,
La noire porte s'ouvre et j'échappe aux verrous.

LIVRE XII.

Retour.

Le priso   er déloge, il charge sa besace ;
Et sans pleurs, ni regrets, abandonne la place.
Non, les nobles, les forts, les rois dans leur grandeur,
Ne goûteront jamais un si parfait bonheur.
Tel, l'oiseau prend l'essor échappé de sa cage,
Vole à son nid mourant, caché dans le feuillage,
Et d'une aile tremblante échauffe ses amours ;
Tel, l'heureux prisonnier, en sortant de ses tours,
Vole vers l'humble toit qui nage dans les larmes,
Va revoir ses parents et bannir ses alarmes.
Sa vie allait tomber dans la nuit du tombeau ;
Sa vie, en un instant rallume son flambeau.
Le cœur ivre de joie il vole au doux rivage ;
Fait ses derniers adieu à la terre sauvage.
Il jète vers le fort, asile des proscrits,
Un farouche regard où règne le mépris.
Adieu, dit-il, verrous ; adieu, prison obs cure;

Je te quitte à jamais ; à d'autres ta torture ;
Trop longtemps, tes lourds fers ont enchaîné mes pas ;
Trop longtemps, tes horreurs m'ont montré le trépas.
Et vous, chers compagnons, laissés dans cette enceinte ;
Déjà le ciel sourit, banissez votre crainte.

Dans notre heureux sentier, les vergers orgueilleux,
Les coteaux verdoyants n'arrêtent plus nos yeux.
Brûlant du même amour, tout couverts de poussière,
Sans retard nous voyons saluer l'onde amère.

Le bateau tremble, part ; sur des sillons d'azur,
Nous gagnons vers nos bords respirer un air pur,
La mer, ses habitants, ses reflets admirables
Aux yeux offrent enfin leurs couleurs variables ;
Son sein majestueux, sous un soleil changeant,
En vain, montre un azur tout parsemé d'argent :
Sous un ciel épuré, couvert de ses étoiles ;
Le vent souffle et remplit et nos gémissantes voiles.
Notre navire vole, il paraît s'arrêter ;
L'amour brûle notre âme, il languit d'aborder.
Nous voudrions d'un clin d'œil sortir de l'Algérie ;
D'un clin d'œil nous voudrions revoir notre patrie.
Travaille, matelot, redouble tes efforts ;
Vapeur, siffle, gémis ; montre nous d'autres bords ;
Et toi, frais, doux zéphir , pousse de ton haleine,

Le bâteau du banni, délivré de sa chaîne.

Du sol béni du ciel suivez les doux sentiers ;

Transportez le proscrit dans ses mourants foyers ;

Il brûle du doux feu de revoir sa chaumière,

D'embrasser une épouse, une fille, une mère.

Tout sourit à nos vœux ; sur la plaine d'azur,

De nos yeux, dans trois jours, tombe le voile obscur ;

Dans l'horizon lointaine, à travers le nuage,

S'offre un objet nouveau que voile un doux ombrage ;

L'âme est toute saisie ; et l'œil va découvrir

Que c'est le sol sacré, source de tout soupir.

La France, tout s'écrie ; oui, la voilà la, France !

France, France, salut ! vers ton sein je m'élance ;

Je te vois ; Je te tiens ; je te posséde encor ;

Quelle conquête, ô France, est il autre trésor ?

France, encore une fois, mon âme resolue,

A mourir sou ton sein s'incline et te salue !

Encore gardes-tu les doux noms dont l'amour

A traversé les mers et trouvé mon séjour ?

Quel bonheur ! quelle joie ! à la première aurore,

Je tiendrai dans mes bras, les objets que j'adore.

Mère, mère d'amour ; ô France, tes beaux lieux,

Ont emprunté pour moi tous les attraits des cieux.

Le fier Montézuma dont la structure étonne,

Pour couronner nos vœux, l'onde amère sillonne ;
Sur les vagues d'azur ; dans son rapide vol,
Il brûle du desir d'atteindre l'heureux sol ;
Il court ; il vole, arrive ; en sa noble arrogance
Entouré de bâteaux dans la rade il balance ;
Par un dernier effort, au déclin du beau jour,
La vapeur en sifflant annonce son retour.
De son paisible sein sortent cent militaires,
Quatre vingts éxilés, vingt forçats mercenaires ;
Malgré leurs attentats, ces maures sous les fers,
Atteudrissent nos cœurs durcis par les revers ;
Sur l'aile des esquifs glissant sur l'onde amère,
La France ouvre ses bras, redevient notre mère,
Toulon brise les fers des pauvres prisonniers,
Nous restaurons nos corps dans ses heureux foyers.

Dans les murs de Toulon s'offre un triste spectacle ;
Des malheureux forçats il est le receptacle ;
Là, le crime est puni par de longs châtiments,
Par le fer, la souffrance et les gémissements.
Toulon est menacé par de hautes montagnes ;
On croit voir sur les eaux flotter ses tristes bagnes.
Là, le boulet aux reins des signes sur le bras,
La honte sur le front, fourmillent les forçats.
Poussant d'affreux soupirs, ces coupables victimes

Avalent, à longs traits, la coupe de leurs crimes.

Olympe, de tes yeux, suis d'autres compagnons
Qui disputent leur vie à d'orageux sillons ;
Tu les verras errer sur des mers étrangères ;
Reverront-ils un jour nos heureuses frontières ?
Ces proscrits de Cayenne, ô lamentable sort !
Deux mois sur l'Océan, luttent contre la mort.
A travers les éclairs, la vaste mer s'entrouvre ;
Loin des humides bords l'abîme se découvre.
D'autres prêts à tomber sous la faux du trépas,
Echappent de Cayenne, en trompant les soldats ;
Jetés sur les débris d'un navire sauvage ;
Tantôt sur une planche et tantôt à la nage,
Ils attendent tremblants l'esquif libérateur ;
Arrive-t-il demain ? ils sonts morts de frayeur.

Vous, feuilles qui, du vrai propagez la nouvelle,
Sous un pinceau terni par la douleur mortelle,
Peignez et publiez nos dangers, nos tourments;
Gravez l'effroi l'horreur sur les fronts des tyrants.
Ou plutôt, juste ciel, déchaîne ton tonnerre,
Qu'il écrase leur tête, en délivre la terre.

Du généreux Toulon nous quittons les foyers ;

L'ami serre l'ami, le couvre de baisers.
La joie et le regret versent, mêlent leurs larmes ;
Il faut se séparer; nous partons sans alarmes.
O douce liberté, sous les ailes d'amour,
L'homme a tous les présents du terrestre séjour !

Enfin du sol sacré nous foulons la poussière;
L'amour mouille cent fois notre heureuse paupière.
Notre voiture vole ; et ses fougueux coursiers
Semblent s'énorgueillir des joyeux prisonniers.
Marseille, ses hameaux ; Montpellier et ses granges,
Arrêtent nos coursiers ; embrassent nos phalanges ;
Ils offrent des banquets ; leur accueil glorieux,
Sur le riant chemin, vingt fois mouille nos yeux.
Instruits par ses proscrits, Pézénas dans sa flamme,
Veut enlever nos corps, interroger notre âme.
Les villages voisins imitent son accueil ;
Nous partons tout saisis et pleurons sur leur dœuil,
Béziers, ses durs geôliers et son cachot sauvage
Provoquent nos soupirs, rallument notre rage,
Peut-on voir sans horreur les traces du bourreau ?
Ce sol, trempé du sang d'un innocent agneau ?
Peut-on voir de sang froid ces hommes intrépides,
Changés par la terreur en des femmes timides ?
Dans l'indignation, nous pressons le destin

De lancer ses fléaux contre son cœur d'airain :
Nous détournons nos yeux de ses sombres murailles,
Un souvenir rongeur déchire nos entrailles.

LIVRE XIII.

Arrivée à la terre adorée.

Je poursuis mon chemin dans des lieux ravissants,
J'entre sous l'heureux toit qui garde des parents ; (1)
Ce toit, quelle surprise ? à la douleur succombe ;
Il est noir, sombre, obscur, tout annonce une tombe,
Dans son morne silence il éclate en sanglots
Tels qu'on n'en vit jamais dans nos obscurs cachots.
Ils ont perdu leur fils, leur unique espérance,
Et ce doux souvenir rend leur douleur immence,
Pleure, pleure, famille espoir, plaisir, trésor,
Tu perds tout, en perdant le malheureux Victor,
O Victor, cher Victor, à la fleur de ton âge,
Faut-il quitter des cœurs qui te rendaient hommage ?
Fallait-il qu'un tel crêpe, ô funeste destin !...
Vint tromper mon amour et troubler mon chemin ?

(1) A St-Chinian, chez Mme Rose Sales.

C'en est fait , il n'est plus , ô Victor, mon bon ange,
Oui, le ciel pour jamais te compte en sa phalange.
Sous le poids des revers, ce lamentable jour
Vit couler dans nôtre âme un mutuel amour ;
Nous pleurons, sanglotons, nous gémissons ensemble ,
Pour rétablir nos corps un repas nous rassemble.

L'ami presse mes pas ; déjà mes compagnons,
Sur le chemin riant volent vers nos sillons.
Des monts qui gardent Riols, nous atteignons la crête, (1)
Je vois fumer le toit qui prépare ma fête :
O toit hospitalier, mon berceau, mon trésor,
Tu couronnes mes vœux, je te revois encor !
Il sait, le toit sacré, qu'on a brisé ma grille ,
Et, pour tarir mes pleurs réunit sa famille.
Au loin, j'entends ma cloche, et l'Angelus du soir
Dans l'enfant de Marie alimente l'espoir,
Presse le laboureur à quitter sa charrue ,
Avertit le berger des revers de la nue;
Je soupire , je cours , dans mon étroit sentier,
L'ami longtemps perdu serre le prisonnier ;
Mon cœur est tout saisi , ma voix est presque éteinte,

(1) Montagnes de Março renommé par ses pommes.

Quand je revois le seuil de ma mourante enceinte
J'avance, mille pleurs, des soupirs généreux
Egarent mes esprits et font couler, mes yeux;
Sous son crêpe alarmant se presente Gabrille,
Son corps va succomber sous l'amitié mortelle ;
Vers elle je m'élance et l'inonde de pleurs ;
Mon exil ses regrets ont terni ses couleurs;
Ses yeux sont presque éteints, à peine elle respire ,
Dans cet état de mort, je l'aime, je l'admire.

Olympe, toi, ma fille, en ce glorieux jour,
Tu jettes tout le feu de ton brillant amour ;
Tu ne vis que pour moi ; plus de fausses alarmes ,
Tes yeux fixent mes yeux , tu m'arroses de larmes ;
Tu tiens l'objet perdu sur ton sein, dans tes bras ,
Tu ne crains plus pour lui la grille et le trépas.

Ciel, rémunérateur de la vertu constante ,
Prend part aux doux transports de mon âme innocente ;
Sur tous mes compagnons jette un œil paternel ;
Fais cesser leur exil ; montre leur nôtre ciel..
Pour adoucir leurs maux, rallume dans leur âme,
Le céleste brasier de ta brûlante flamme ;
Sous ce flambau divin invincibles héros,
Ils braveront la mort; échapperont aux flots,

Le front couvert du lis cueilli par la souffrance,

Ils viendront respirer sur cette belle France.

A nos spoliateurs annonce tes décrets ;

Fais avorter leur plan, révéle leurs secrets;

Dis leur avec la voix qui commande au tonnerre,

Qui, foudroyant les grands, épouvante la terre,

Pour la dernière fois, dis leur dans ton courroux,

Que l'amour fraternel, non la fureur des loups,

Doit sans cesse enflammer le palais, la chaumière ;

Que l'homme, sans ce feu, rampe dans la poussière;

Que la paix, le bonheur du terrestre séjour

N'ont eu d'autres berceau que le céleste amour.

L'homme doit être aimé sous l'une et l'autre étoile ;

Sur ce don précieux peut-on jetter un voile ?

Est-il rien de plus doux que la chaîne de fleurs

Qui descendant du ciel, au ciel porte les cœurs ? (1)

L'amour égale l'homme aux rois que le ciel loue !

Pourquoi ne pas aimer un frère dans la boue ?

Pourquoi, dans le délire, aiguiser les douleurs

Qu'endurent le vieillard, la veuve dans les pleurs ?

Pourquoi du pauvre esclave amaigrir le salaire ?

Comment entasser l'or, quand il meurt de misère ?

(1) La charité.

Pourquoi, s'étudier pour attiser sa faim,
Quand un amour joyeux devrait pétrir son pain ?
Pourquoi, par ruse ou vol, dépouiller l'économe ?
Faux riche vois sont front ; n'est-il donc pas un homme ?
Une même poussière a fourni notre corps ;
Ne sont-ils pas tout nus ? égaux quand ils sont morts ?
Et dans le court traget de la vie orageuse,
Peux-tu montrer sans crime une tête orgueilleuse ?
As-tu donc oublié les langes du berceau ?
Le droit sacré de l'homme et la nuit du tombeau ?
Tremble sur tes excès ; nos pleurs, nos cris, nos larmes,
De la milice sainte ont provoqué les armes ,
Les éclairs fulminants sont prêts à te frapper ,
Dans la poussière, ingrat, tu vas bientôt rentrer.
Je sais, qu'en bien pensant, souvent l'homme est blâmable,
Si le Grand n'est flatté toute plume est coupable ;
N'importe : qu'on critique ou qu'on forge de fers : (1)
Je désigne du doigt la source des revers.

Et toi, paisible Reine, ô paix ! ton doux empire
Menace de tomber sous la faux du délire ;
Cours au divin amour , laisse à la cruauté

_____

(1) La critique est aisée et l'art est difficile. Boileau.

www.ingramcontent.com/pod-product-compliance
Lightning Source LLC
Chambersburg PA
CBHW070746280626

47162CB00017B/2377

Ses fureurs, ses combats, son sceptre ensanglanté.

En vain un Dieu s'irrite, en vain de son tonnerre,
Il épouvante l'homme, il ébranle la terre ;
Fuis, fuis, remonte au ciel ? sors de ces lieux d'horreur;
Va des cœurs triomphants partager le bonheur.

Si j'eusse offert tout nu, mon récit lamentable ;
Si les fleurs ne rendaient son esprit variable,
Mon lecteur, abattu du poids de nos malheurs,
Aux pleurs de nos prsocrits viendrait mêler ses pleurs.
Il aurait mieux senti les cris de nos familles;
Mieux pesé les tourments, les horreurs de nos grilles :
Par haine ou par amour, son cœur judicieux,
Pour venger nos revers, eût ébranlé les cieux.

Juste ciel, je finis, écoute ma prière ;
Redresse l'homme faux, veille à l'homme sincère ;
Sur notre pauvre France abaisse tes regards ;
Range tous ses enfants, sous tes beaux étendards;
Bannis, loin de son sein, la misère et le crime ;
Qu'il ne se souille plus du sang de la victime.
Pardonne, ciel clément, nos noirs spoliateurs ;
Rougis leur front de honte, arrête leurs fureurs.
J'ai combattu leurs faits et j'ai crié vengeance,
Pour réprimer le vice, exalter l'innocence;

Pour extirper des cœurs, les criminels abus ;
Adoucir les travaux, ou grossir leurs tributs.
Dans ces six vers pieux ma pensée est ouverte ;
De mon frère méchant je ne veux point la perte,
Heureux, si j'en suis lu, sans en être blâmé,
Et que domine leur bras pour toi se montre armé,
A regret, j'ai flétri le sol qui m'a vu naître ;
Sur l'aride rocher l'agneau tondu va paitre !...
Ma muse eût mieux aimé sur des riants côteaux,
Chanter d'heureux bergers, chanter d'heureux troupeaux ;
Elle eût prié ton Dieu de verser ta rosée ;
Sur la grappe et l'épi de la terre adorée ;
D'aplanir de ses fils les sentiers raboteux :
De leur ouvrir un jour tes parvis radieux.
Tu le sais, dans les fers, la rage se rallume ;
Pardonne l'anathéme échappé de ma plume ;
Et fais qu'un noble amour sous ton brillant drapeau,
Me rende un jour martyr ou creuse mon tombeau.

Béziers. — Imp. J. Delpech, au Saint-Esprit.

ERRATA.

A la Page 10, vers 3, *lisez* : au berceau.
—   20, v. 13, *lisez* : détraction.
—   30, v. 20, *lisez* : brûlants.
—   33, vers 3, *lisez* : sa, au lieu de *de*.
—   33, vers 6, *lisez* : sont ses réduits.
—   42, v. 17, *lisez* : frappent.
—   65, vers 7, *lisez* : ciel, au lieu de *sol*.

TABLE DES MATIÈRES.